やまとかたり

古事記をうたう

大小田さくら子

新潮社

琵琶湖畔、竹生島を望む　2014年（川良浩和撮影）

はじめに　やまとかたりという仕事

平成二十八（二〇一六）年、四月九日、春日大社・第六十次式年造替記念奉納当日です。いつもより少し早く、朝四時に目が覚めました。茶籠から茶碗を取り出して、沸かしたお湯を入れ掌でころがすように静かに温めると、時間がとまったような感覚がします。持ってきていた抹茶を点てていただくと、鳥の声が聞こえてきました。

春日山の原始林に囲まれた「下《しも》の禰《ね》宜《ぎ》道《みち》」で声を出すことにしました。朝の空気はひんやりと冷たく、昨夜のうちに散った桜色の花弁は道路の上に、雪のように積っていました。志賀直哉邸から「下の禰宜道」に入る角にある、見事な桜の木からも、また一枚また一枚と花弁が散っていきます。ここは平安の昔から、神職の方々が社家町から春日大社に通う三本の禰宜道の中のひとつです。何千年と手つかずの原生林に囲まれていて、人気のない早朝には、一層の霊気に包まれる感じがしました。

春日大社直会殿《なおらいでん》で毎朝おこなわれている朝拝に参加し、「大祓詞《おおはらえのことば》」を唱え、お参りさせていただきました。国家鎮護の重責を担い、数多くのご神事を行ってきた、この美しい朱塗りの社には、悠久の昔から今この瞬間にまで、人々の祈りの声がこだまするようで、厳かな気持になりました。
午後四時から奉納がはじまりますが、今回私が執り行う「やまとかたり」では神職の方々が楽の音を奏して下さいます。笙《しょう》、篳篥《ひちりき》、笛の音とやまとかたりを初めて通して合わせたのは前日の夕刻、神社のお務めが終わったあとに、みなさんが集まって下さって、神さまの太刀の扱い、奉納の流れ、動きなどの打ち合わせをしました。

これから、古事記を声に出して詠む朗誦《ろうしょう》が奉納されます。
古代の人々は、まだ文字をもたないまま、声を響かせて心を通わせてきました。
神職が神さまに奏上する祝詞も古代の言葉です。
日本で最初の歴史書といわれる古事記はふることふみと読みます。
春日の神々様が登場して国のはじまりを伝えています。
式年造替により美しくよみがえった記念すべき春に、
古事記朗誦家大小田さくら子さんによって、古事記が朗誦、奉納されます。
万葉集の枕詞にある「春日《はるひ》の春日《かすが》」。人の声の響きと、
春日の社から伝わってくる神様のみじろぎと気配に耳を澄ませて下さい。

奉納の際に進行役を務めて下さるのは、春日大社の権禰宜、千鳥さんです。台本をお渡しし、その読む言葉を聞いているうちに、十年前の四月八日、わたし自身が古事記原文読み下し文をは

じめて人前で、読み唱えたことがよみがえりました。千鳥さんは、春日の神さまが白鹿に乗られて鹿島から御《み》蓋山《かさやま》の浮雲の峯に降り立たれる時に、お伴をされてきた時風《ときかぜ》と秀行《ひでつら》の子孫とのこと。今から千二百年以上も昔にさかのぼる神護《じんご》景雲《けいうん》二（七六八）年の時から続く由緒正しき神職さんの、奈良のやわらかい言葉の響きに包まれながら、鎌倉ではじめた古事記朗誦を「やまとかたり」と名付けた直感が、大和のこの地、この日に向かわせてくれた不思議を思っていました。

春日大社本殿前林檎の庭で奉納する古事記朗誦の内容は、春日の神さまにまつわるもの。春日大社がお祀りする神さまは、第一殿が武甕槌命《たけみかづちのみこと》、第二殿が経《ふ》津主命《つぬしのみこと》、第三殿が天児屋《あめのこや》根命《ねのみこと》、第四殿が比売《ひめ》神《がみ》です。はじめに本殿前で朗誦するのは、創造神としての天之《あめの》御《み》中主神《なかぬしのかみ》が登場する古事記上巻《かみつまき》「あめつちのはじめ」――「あめつちのはじめのとき　たかあまはらになりませる　かみのみなは　あめのみなかぬしのかみ」からはじまり、「これ　おのごろしまなり」までの部分です。

「あめつちのはじめのとき」とはこの世界がはじまった果てしなく遠い、いにしえの時であると同時に、声に出して唱えた今この時です。一心に大きな声で唱えると、今この瞬間のエネルギーがからだの中に漲《みなぎ》ってきます。そしてまた、わたしにとって、「あめつちのはじめ」は、春日の神々さまに対する「はじめまして、わたしはこういうものです」というご挨拶のようなもの、この瞬間の自分の声に、すべてを託すように、言葉の意味や声の調子など考えたりせず精いっぱいの声を出す、わたしの生きている今を表明する挨拶です。そこに、目には見えない敬意と感謝の気持ちが、自然に籠められているといいなと思っています。

春日大社の御本殿と樹齢千年と言われる杉の大木の前に広がる「林檎の庭」は、白砂が美しく掃き浄められた斎庭です。高倉天皇が林檎の木を、お手植えになられたことから名付けられました。その愛らしい名前にいつも心が癒されるのですが、奉納が近づくにつれて、「林檎の庭」と聞いただけで、ピシッと身が引き締まるようになりました。

林檎の庭に座られた神職の方々、笙、篳篥、笛の雅楽の音から、古事記の奉納は始まりました。最初は、式年造替のために本殿を出られ、隣の移殿《うつしどの》におられる四柱の神様に向かって、「あめつちのはじめ」を朗誦し、次は、中門の下での「あまのいはと」です。そこは宮司さまはじめ神職の方々、皇室の方以外入ることの許されないご本殿を取り囲む瑞垣《みずがき》の内に向かう場所、わたしは、石段を上り中門の下に立ちました。それまで見えていた林檎の庭、幣殿《へいでん》、直会殿におられる方々の姿も視界になくなり、美しい朱塗りの本殿の前に立った時に、静寂の中、鳥の声が聴こえてきました。緊張が、ふっと和らぎました。

ここに　あまてらすおほみかみ　みかしこみて
あめの　いはやどを　たてて　さしこもりましましき

「あまのいはと」は、第三殿の祭祀と祝詞の神さまである天児屋根命が登場する、日本の祭祀の原型が描かれた場面です。天照大御神《あまてらすおおみかみ》に岩屋からお出ましいただくために、天の安の河原に神々がお集りになり、様々な策を講じられます。朝を告げる常世《とこよ》の長鳴鳥《ながなきどり》を啼かせ、鏡、勾玉を造り、占いをされて、天の香久山の真榊木《まさかき》に鏡や勾玉、和幣《にきて》をとりつけたものを布刀玉命《ふとたまのみこと》が捧げ持ち、天児屋根命が祝詞を朗々とよみ唱えます。そこまではとても細かい表現で、丁寧に説明されます。どの場所のものを材料に選んだのか、たとえば、「あめのかぐやま」という言葉は、この場面の説明だけで、「あめのかぐやまの　まをしかのかた」「あめのかぐやまの　あめのははか」「あめのかぐやまの　いほつまさかき」「あめのかぐやまの　あめのひかげ」「あめのかぐやまの　ささば」と五回も使われます。ちょっと早口言葉を唱えているような感じもして、リズムにのると、なんだか気持ちが高まって、数ある朗誦の中でも、わたしの大好きな場面です。

祝詞の後は、神楽などでも有名な、伏せた桶の上で神がかりになった天宇受売命《あめのうずめのみこと》が我を忘れて踊る場面です。見ていた他の神々は、喜んで大騒ぎをされて、その声に引き寄せられるように、天照大御神は、ほんのちょっとだけ岩戸の扉をあけて覗き、何があったのかと尋ねるのです。そこで、天宇受売命は答えます。

すなはち　あめのうずめ
ながみことに　まさりて　たふとき　かみ　いますがゆゑに
ゑらぎ　あそぶと　まをしき

と、ここまで朗誦したとたん、急に言葉が止まりました。初めてのことですが、なにもかもが真っ白になった瞬間でした。

……時が止まって、また、鳥の声が聴こえてきました。静寂の中、自分がどこにいるのかわからないような感覚で、長い時が流れたような気がしましたが、ふとわれに返り、思い出すともなく言葉が口から出はじめ、次の場面につながっていきました。幣殿や直会殿にいた方には、もともと朗誦の言葉の細かい部分なども、届かないほど離れていますので、止まってしまったことも気が付かなかったということです。

わたしは、かえって緊張感が解けたのかもしれません。ふと笑みがこぼれるような心地で、中門を出て林檎の庭に向かいました。

古事記は、「言霊の幸はふ国」と言われ、古代より言葉を大切にしてきた祖先の心が宿る美しい大和言葉で記されています。古事記の朗誦は、神職の方が神さまに祈り、奏上する祝詞とは違いますが、わたしにとって自然と共にあることの知恵があふれ、生かされていることへの感謝、生き方、考え方があらわれた言葉、生きていくための祈りでもあります。

今思うと、赤い朱塗りの本殿前で鳥の声を聴きながらたちつくした時、祝詞の神さまである天児屋根命が、無言で唱える祈りの心境をわたしに教えてくださったような気がします。それは、素のままに、こだわりのない明るい心で、神さまの前にたつことから始まるのかもしれません。

＊

春日大社のやまとかたりの奉納が決まってから、朗誦箇所にまつわる神さまの力を感じて朗誦したいと思い、いろいろな場所を訪れました。熊野の那智大社、大滝の前でその飛沫を浴びて朗誦した時には、神倭伊波礼毘古命《かむやまといわれびこのみこと》の勇ましい姿が浮かび、剣の霊威が自然のおおいなる力を呼び起こすような感覚がしました。鹿島神宮にお参りし、早朝には海辺に立つ鳥居を前に朗誦しましたが、大和をお守りするために、白い鹿に乗って鹿島から立たれた武甕槌命が、朝日が昇る海の向こうの空に浮かび上がるようでした。

生計をたてるための職業ではありませんが、やまとかたりが生み出し伝えていくものを求めて、ご神前で朗誦すること、そのための日々の学びと行動がわたしにとっての仕事です。

装幀　新潮社装幀室

装画　中村芳中「人物花鳥図巻」部分
（真田宝物館所蔵）

やまとかたり――古事記をうたう　◎　目次

第4章　やまとかたりの記

やまとかたり——古事記をうたう

第1章　とびらを開けて

絵本との出会い、神話との出会い

絵本ばかりが並ぶ本棚の中にある、ぼろぼろになった一冊。タイトルは「Simon and the snowflakes」。数えることが大好きなSimonというかわいらしい男の子のお話です。絵は、白とグレーの色味の少ない地味な雰囲気なのですが、長女が赤ちゃんの頃大好きだった絵本です。夫の仕事の関係でスコットランドのエディンバラに住んでいた時、長女が生まれました。娘が生後三か月の頃、エディンバラからロンドンのリッチモンドへ引っ越しました。家の側の公園を通りテムズ川沿いを散歩しました。初冬の公園には、口の中を木の実でいっぱいにしたリス達が、隠し場所を探して走り回っていました。

テムズ川沿いをしばらく歩くと小さな街がありました。お城のようなホテルの側にはパブやカフェ、かわいいチョコレート屋さんが並び、その中に子どもの本屋がありました。本屋に着く頃には、娘はバギーの中でぐっすりと眠っていましたので、わたしはゆっくりと絵本をながめることができました。日本でも目にしていたピーターラビットやパディントン、不思議の国のアリス、マザーグースなども、そこに並んでいるだけで、装いを変えた大人の本のようでした。

ある時、お昼寝から目が覚めた娘が本屋さんで、手に取ってどうしてもほしがる本がありました。それが、「Simon and the snowflakes」です。おすわりをしてひとり遊びができる頃でしたが、その月齢の赤ちゃんが好むとは思えない繊細な色合いの絵本を娘は気に入って、わたしはなんども読みました。ページをめくるたびに、興奮して鳥のように手をぱたぱたさせて喜びました。ハイハイをするようになると、自分で選んでその絵本を持ってくるようになりました。娘は「もういっかい、もういっかい」というのが口癖のようになり、一冊読み終わっても何度も読んでほしがって、言われるままに読んでいると、五時間も経っていたということもありました。

次女はお腹の中にいた時から、絵本を読む声を子守唄のように心地よく聞きながら育っていったように思います。言葉遊びがおもしろい絵本に大笑いし、怖い怪物や魔女の絵本にわくわくして、綺麗な色合いの絵本、心地よくなるような優しいお話、不可思議な物語や日本の昔話、何度もくり返し読みました。

娘達が元気いっぱいの小学生になり、気がつくと家の本棚の数は増え、何百冊もの絵本が並んでいました。絵本そのものを活かせる活動をと思い、小学校の校長先生に絵本の読み聞かせ活動をしたいとご相談に伺いました。話し合い、計画をたて、半年後には朝十五分の時間をいただいて、お母さん達の絵本の活動が始まりました。最初ふたりで始めた活動が、すぐに二十人ほどにふくらみ、我が家のリビングで週一回、絵本選びや読み方の練習などの会を開くようになりました。絵本の活動は車の運転など親身にサポートしてくれたご近所の岩村さんのおかげで児童ホーム、介護施設や病院などに広がりました。わたしは絵本の講演会や朗読会を開くようになり、カルチャースクールで「心の扉を開く絵本の時間」「絵本と出合う時間」「絵本朗読塾」などの講座を持つようになりました。

　はじめての子育てに戸惑う若いママや小学校でいじめ問題に悩むおかあさん、また、子育てがすっかり終わって自分のために絵本を楽しみたいという年配の方、目の見えない方のための朗読ボランティアの方など、人との出会いを通して、さまざまなことに気付かされました。子ども達への種まき、絵本への恩返しと思っていましたが、絵本の朗読は、わたし自身を取り巻く世界をどんどん変えていく出発点でもあったようです。

　老人介護施設のボランティア活動で、「認知症のかたも多いので、簡単な子供向けの絵本をお願いします」と言われて、朗読会を行っていました。車椅子で出入りできる大きなホールで聞いてくれていた数十名の方々の半数くらいは、介護が必要で、時折大きな声を出して、意味不明な言葉や行動を繰り返していました。理解できないかもしれない、という気持ちがあったのかもしれません。挨拶も簡単にすませて、いつも同じような幼児むけのものを選んでいました。何年間かそういう気持ちで臨んでいた時に、ふと自分自身の態度に疑問を感じました。

　理解できなくてもいいから、なにかもっと心に響く本を朗読しようと思い、施設のある鎌倉にもかかわりの深い「源平絵巻物語」を選びました。そして思い切って、自分自身が感じていること、この社会を築いてくれた多くの先人たちのおかげで、ここに自分がたつことができる感謝の気持ちを伝えてみました。

　そして、源平絵巻十巻を毎回一話ずつ読んでいくことにして、回を重ねるごとに確かにみんなの空気が変わるのを感じるようになった頃のこと。平敦盛の話の時に、昔、父が口ずさみながら教えてくれた「青葉の笛」の歌を歌ってみました。

一の谷の軍《いくさ》破れ　討たれし平家の公達《きんだち》あはれ

その時、聞いていた多くの方々が声を合わせて、一緒に歌ってくれたのです。驚いたと同時に、言葉の力によって、心が通じ合うことを実感しました。今この時にここにいる自分自身を正直に、そのまま手を広げて心の中をさしだすようなつもりで、はじまりの挨拶もまた、家から介護施設に行くまでのあいだ自転車を走らせている最中に、その朝に感じたことだけを話そうと決めました。すると、自転車で走る海沿いの景色が、どんどん生き生きと目に映るようになり、朝起きてから家族と交わした会話や、自分の身の回りの出来事を話しながら、こちらのほうが、それを聞いてくださる皆さんの温かい目に包まれ支えられているような気持ちになっていました。

ある時、横浜の書店で日本神話の絵本をみつけました。それは六巻まである大判の絵本でした。第一巻「くにのはじまり」第二巻「あまのいわと」第三巻「やまたのおろち」第四巻「いなばのしろうさぎ」第五巻「すさのおとおおくにぬし」第六巻「うみさちやまさち」。赤羽末吉さんの美しく素朴な絵と舟崎克彦さんのすっきりとした文章、どうしても子どもたちに読んであげたくて、かなり重くて値段も高かったのですが、思いきって六巻全部を買って帰りました。

このシリーズは、一九八〇年代に出された復刊でしたが、作家と画家のおふたりが何年もかけて仕上げた渾身の力作絵本でした。赤羽末吉さんは、巻頭の「くにのはじまり」を最後に完成されて、その二年後の九〇年に亡くなられたそうです。それぞれの巻に折り込み付録として、舟崎さんと赤羽さんの解説が挟まっていました。数多くの参考文献もあげられておりましたが、たくさんの資料に目を通し、古事記の舞台となった場所、九州や出雲へ足を運び、取材を重ねられたことも綴られておりました。

「原典にべったり忠実ではなくて、とったり捨てたり画家としての解釈で語りたい、歴史書や教材ではなく自由に表現したい」と赤羽さんは書かれていますが、古代の風習や服装、生活文化や言葉の解釈はしっかりと調べられていました。

さっそく、小学校の読み聞かせや朗読会、また、絵本の講座やセミナーでも読むようになりました。なかでも、九州の日向神話の「あまのいわと」出雲神話の「やまたのおろち」はとても人気がありました。わたし自身も、子どもの頃読んだことのある内容を思い出しながら、神様の名前の言葉の響きや、細かい描写がとても新鮮に感じられ、古事記の本を買って読むようになりました。

わたしは北海道出身ですが、夫は九州の出身です。実家のお墓参りに行くときに、せっかくなので神話に出てくる場所や神社にも廻ってみようと言うことになりレンタカーで、鹿児島から宮崎にかけて廻りました。天孫降臨の地のひとつである高千穂の峰から下に広がる世界をながめ、霧島神宮にお詣りし、神武天皇が生まれた場所と言われる狭野《さの》神社など、いろいろな神社を廻りながら、神話に出てくる伝承地を探して訪ねました。

黄泉の国から戻った伊邪那岐命《いざなきのみこと》が禊《みそぎ》された場所として、古事記には筑紫《つくし》の日向《ひむか》の橘《たちばな》の小門《おど》の阿《あ》波岐原《わぎはら》という名前が出てきます。宮崎県の阿波岐原町にある江田神社の中には禊池《みそぎいけ》があり、しめ縄が張ってありました。また、高千穂町の天岩戸神社から河原を歩いていく天安河《あめのやすのかわ》は、神々が天岩戸に籠られた天照大御神になんとかお出ましいただこうと会議を開いたという場所。高千穂峡の真名井《まない》の滝は高天原で天照大御神と須佐之男命《すさのおのみこと》の「うけひ（誓約）」の時に剣をすすいだという清らかな井戸とのこと、どこに行っても神話の世界が今なお続いているような場所。はじめて訪れたのですが、わたしの中に眠っていた原風景が引き出されたような強い懐かしさと、日本の神々を知りたいという思いが湧き上がってきました。

夢の中の声——出雲へ

「出雲へ行きなさい」

夢の中の声だったと思います。夢の中身は全く覚えていませんが、大きな声で目が覚めました。平成十八（二〇〇六）年の二月でした。その声の響きがあまりにはっきりしていたということもありますが、そのころ、日本神話の話を「絵本の会」や、小学校の子どもたち、朗読ボランティアをやってくれているお母さんたちに話すことも多く、特に出雲の話に興味を惹かれていたせいかもしれません。「とにかく行かなくちゃ」と即座に思い、夢の中の声に従って、わたしはひとりではじめて出雲へ行きました。

風邪気味で調子が悪く、鎌倉から電車に乗って松江に着く頃には呼吸するのもつらいほどで、タクシーに乗り運転手さんに「咳がひどくて苦しいので、どこか病院に連れて行って下さい」と頼みました。今考えるととても無謀に思えますが、あの時の夢の中の声は、それまでの生き方とは違う別の世界への扉を開けてくれたのかもしれません。

運転手さんは、優しい顔のおじいさんで、すぐに知り合いの小さなクリニックに連れて行ってくださいました。加湿器の白い蒸気がたった清潔で温かい待合室には患者さんは誰もいませんでした。診察を受け点滴をしてもらい、少しベッドで休ませていただくと、咳がとまりとても楽になりました。

治療室から出てくると、その間ずっと待っていてくれた運転手さんは「松江の神社を廻ってから、地元の人が信仰している磐座《いわくら》に行きましょう」と言い、八重垣神社、神魂《かもす》神社、熊野神社を廻ってから磐座に連れて行ってくれました。

その磐座は、学校の敷地内のような場所で、道路からそんなに離れていないこんもりとした森の中にありました。どっしりと据えられた大きな岩には、木漏れ日がきらきらとあたって、周りの木々の葉っぱが幾重にも折り重なって動きながら取り囲んでいるように見えます。思わず目をつむって手を合わせました。

そのあと、わたしは「出雲らしい本屋さんに連れて行ってほしい」と頼み、小さな書店に連れて行ってもらい、「狐の振袖」という絵本を買いました。「狐の振袖」とは、紅葉の景色のこと。

山に紅葉の散る　夕ぐれ時　振袖の形にとどまりて　見ゆることあり
人々これを　狐の振袖という

と裏表紙のところに書いてありました。長い間、着物の仕立て一筋に生きてきたおばあさんのところに、ある時、狐の親子が訪ねてきて花嫁衣裳の注文をするという話。予想をこえて展開するあらすじも、一世一代の大変な仕事が終わって、命がつきてしまうおばあさんの結末も、最後のページに描かれた、群青色を背景にうれしそうに寄り添っている狐の新郎新婦の姿も、違う世界に誘われてもどってこられないような、なんとも不思議な雰囲気がある絵本です。

その日は出雲大社の近くの旅館に泊まりました。お客さんはわたしだけ、それでも、従業員の方が数人いたので、あまり寂しい感じはしませんでしたが、夜中に気配を感じて一時間ごとに目を覚まし、結局、朝日が昇るうすぼんやりと明るくなる頃に起きてしまい、出雲大社までお参りに行きました。

大きな鳥居をくぐると、人の気配もなく、しんとつめたい参道が果てしなく遠くまでつながっているような感じがしました。何よりも印象的なのは、注連縄《しめなわ》の大きさでした。美しく捻れたその太さは、今まで見たことのないほどの存在感です。神社の境内の荘厳な空気と、鎮守の森の清らかな香りに包まれながら、はじめての出雲大社をからだで感じながら、境内の様子もわからぬまま、ひとまわり歩いてお参りすると、急に眠気が襲ってきてそのまま旅館にもどり、十時近くまでぐっすり眠ってしまいました。

起きてから、また訪れた出雲大社は、早朝の空気とはまるで違う程のたくさんの人達であふれていました。観光客に混じって座っていると、神社の職員の方に声をかけられました。マスクをして下を向いてベンチにこしかけていたので、気分が悪いと思われたのかもしれません。声をかけていただいたあと、わたしはお祓いを受けてから、神社の裏にある八雲山に連れて行っていただくことになりました。はじめて訪ねた出雲大社で、どういういきさつでそのようなことになったのかよくおぼえていないのですが、どなたかと勘違いされているのかもしれない、と思うほど丁寧に親切にしていただきました。

八雲山には神職の方が禊をする滝がありました。ちょうど滝のそばまで来た時に、突然、滝壺の横のほうから鹿が三頭現われました。思わず「おはようございます」と声をかけました。鹿はこちらを見たまま「ぴーー」と高い声をあげましたので、わたしは大きな声で自分の名前を告げました。すると鹿はそれに答えるかのように、また高い声をあげて啼いたのです。何度か鹿と会話を繰り返すようにやりとりをし、最後にわたしは「これからもどうぞよろしくお願いします」と頭を下げました。

それを見ていた若い神職の方が「八雲山の野生の鹿をこの滝壺で見たのははじめてです。声は聞きますけど、なかなか姿をあらわさないんですよ。あんな風にやりとりされて、まるで神様とお話されていたようでしたね」と笑っていました。

その時の感激は今も忘れることができません。鹿とやりとりしながら気持ちが通じ合う感覚が、鹿も自分自身も自然の中でつながっている同じ命なのだと実感させてくれました。わたしの言葉に答えてくれた鹿の力強く響き渡った声とまっすぐな眼差し。体の中に熱いものが湧き上がってくるような感じがして、「これからよろしくお願いします」と言った自分の言葉、何かを宣言したような鼓動が、帰りの新幹線の中でも、からだ中で鳴り響いていました。わたしを育んでくれたこの国の大地、自然の恵みに感謝する行動をこれから始めていかなくてはと漠然と思っていました。

出雲から戻ってからわたしは、すぐに古事記の原文を読んでみようと思いました。

誰かから何か助言されたわけでもなく、特に理由などありませんでしたが、朗読することが大好きなわたしにとって、千三百年前から伝えられてきた言葉を声に出して読むことが、この国の大地、自然の恵みに感謝する自分なりの行動と思ったのかもしれません。とにかく、古事記の原文を声に出して読もうと思い立ったのです。すぐに鎌倉の古本屋に行き、岩波文庫の「古事記」を買い求めました。昭和二年初版二十銭の幸田本は、印刷が悪く字が小さくて読みにくいのですが、総ルビつきの読み下し文ですので、意味はわからなくても簡単に音読はできます。家の中で声に出して読んでいると、自然の中で大きな声を出して読みたいと思うようになりました。

あめつちのはじめのとき、たかあまはらに　なりませる　かみのみなは
あめのみなかぬしのかみ

古事記上巻の冒頭「あめつちのはじめ」の部分を、拡大コピーしてクリアファイルに入れて持ち歩き、神社の裏山や海辺で、大声を出して読むようになりました。

特に、早朝の人のいない浜辺、波の音を聞き、潮風を感じながら、右手の富士山、江ノ島を見渡して、左手の逗子葉山方面までの、緩やかに描かれる水平線をたどりながら声を出していると、自分自身が自然の中に溶け込んでゆくような気がしました。

家から浜辺まで歩いて二十分、朝日が上る頃に鳥のさえずりで目を覚まして、早朝の散歩と古

事記を声に出して読むことは、心にもからだにも全て気持ちよく感じられて、家族みんなが起きるまでの時間を、わたしは浜辺で過ごすようになりました。

浜辺で大きな声で唱えているうちに、自分なりのニュアンスの抑揚が生まれました。その時にできあがった古事記の朗誦の抑揚は十五年経った今とほぼ同じです。

平成十八年、四月八日、大学時代からの親友である産婦人科医師、対馬ルリ子さんが開業する銀座の女性外来のラウンジで、三十人ほどの知人が集まり、笛奏者・雲龍氏の清らかな笛の音とともに、はじめて古事記の朗誦を聞いていただきました。出雲での鹿とのやりとりから一か月半後のことでした。

葉山、北鎌倉でやまとかたりの会を開く

平成二十三（二〇一一）年、三月十一日、この日わたしは、円覚寺《えんがくじ》の老師さまの庵にある茶室で、小さな茶会を開いておりました。午後になり、老師さまが点てたお茶をいただいている時でした。東北地方を震源とする、千年に一度という巨大な、信じられないような地震が起こったのです。

前日まで福島県南相馬市の小高《おだか》というのどかで美しい海沿いの街におりました。三、四、五月と三か月にわたり小高に訪れることになっていたのです。友人の女医さんが、おかあさんのための育児講座や講演会を開催していて、絵本の話、古事記やまとかたりの話を連続講座として行ってほしいとのことでした。

福島に訪れるのははじめて、小高という街が海のそばにあることすら知りませんでした。三月は小高の名所案内もしてくれるということで、九、十、十一日の二泊三日の予定で伺うことになっておりました。同時に、茶会の日取りも決めていた頃で、出席される方の日程がどうしても十一日しか空いてなかったので、小高での予定を一泊二日に切り上げました。もしあの茶会がなけ

れば、十一日まで小高に滞在することになっていましたので、わたしの命の灯が消えてしまっていてもおかしくない状況だったと思います。

小高の会には、二十名余りの若いおかあさん達が参加してくれました。まだ二か月の子どもを抱いて参加したおかあさんもいました。みんな無邪気であかるい笑顔が印象的で、子育てを真から楽しんでいるたくましささえ感じるような方ばかりでした。絵本選びや朗読、日本神話、古事記などについて熱心に耳を傾け、最初はとまどっていましたが、やまとかたりの発声法や古事記朗誦まで、大きな声で行ってくれました。会のあとには、お寺や野馬追が行われる小高神社を廻り、和気あいあいと楽しい時間を過ごしました。その時に不思議なものを目にしました。晴天の昼間、神社の長い石段の真ん中を走っていく狸の姿です。まるまると太った狸のあまりに堂々とした走りっぷりに、一同大笑いをしました。その夜、鎌倉に着きタクシーで家に戻る途中、また道の真ん中を横切る狸に出合ったのです。車のライトをものともせずに走り抜ける姿は一種異様。動物は巨大な地震の前触れを感じ取っていたのかもしれないと、後で思い返しました。

地震の後、円覚寺の老師さまのラジオのニュースで、昨日までいた福島を強大な津波が襲ったことを知りました。会に参加した若いおかあさん達の顔、気持ちのいい潮風の匂いと豊かな自然に囲まれた美しい景色が頭に浮かびました。南相馬市小高は、地震、津波だけではなく、原子力発電所十七キロ圏内ということで被害は甚大なものでした。泊まった旅館のあたりは津波で壊滅状態だそうです。会のお世話をして下さっていた方となかなか連絡がとれずにいましたが、数日後、友人を通して「なにもかもめちゃめちゃになり、残っているのは命だけ、不安です」とのこと、「大地に愛をこめて、一緒に祈ってください」という伝言を受け取りました。

その後、会に参加して下さった方の電話で、みんな無事であること、ただ何より心配なのは、原発事故の放射能の影響、とくにみんな幼児を抱えた若いママさんで出産したばかりの人もいるので、福島から避難したいけれども車もガソリンもない状態ということ。被曝しても十分なケアも受けられそうになくて、少しでも身体を浄め、放射能の影響を少なくしたい、最後は祈りしかありません。祈りの言葉をメールで送ってください。という切実な言葉に胸が痛みました。

震災によって、自分の中でなにかが変わったように思います。人間がコントロールすることのできない大自然の摂理、目に見えないものに対する畏怖の念も湧き上がるようになりました。

しかし、大きな災害が起こらなければ気付くことができない現代人と違って、科学や医療が発達していない古代にあっては、人々は常に畏怖の念とともに暮らしていたのです。病気も自然の猛威も人智を越えて起こることを身をもって体験していたからこそ、自分を取り巻くもの、自然の叡智に謙虚に対峙し、その恵みや働きに神様の名をつけて、手を合わせて真摯に祈りを捧げてきたのだと思います。


震災後、やまとかたりを習ってみたいという方が急に増え始めました。

葉山に住む曽根浩さん、円さん夫妻が「やまとかたりは、道具もお金もいらない。前向きな気持ちになり、さらに鎮魂ともなり、宇宙につながる、こんな素晴らしいものをみんなで共有したい、さくら子さんのお話をみんなに聞いてもらいたいと心が震えたんです」とたくさんの方々に声をかけてくれました。葉山にはジャンルにとらわれないミュージシャンやアーティスト、自然に逆らわない暮らしを実践する若者がたくさんいて、自由でクリエイティブな独特のコミュニティーが作られているように感じました。影響力の大きい曽根さんが、ご自宅でやまとかたりの会を開いてくれたのが始まりでした。

「家族も友人たちも、これからどうしたらと浮き足だつような不安な気持ちの中、古事記の世界観や、『あめつちのはじめ』朗誦を聴いたのがきっかけで通うようになりました」という方、「震災で、心も体もグラグラと心もとないときに、やまとかたりに出会い、私の心の大きな礎となりました」と仰ってくださる方など、毎回二十人から三十人もの人たちが集って来られました。葉山と同じ時期、円覚寺の老師さまに相談して庵を使わせていただき、月に一回、北鎌倉でも会を開くようになりました。古事記の原文を一緒に読み、発声法と大きな声で詠み唱える朗誦を行います。人数が多い時には月に三回開くこともありました。みんなで一緒に声に出して詠み唱えることはとても気持ちのいい時間でした。鎌倉で始めた当初から現在まで続けている方々もたくさんおられます。

数年前に曽根さん夫妻は葉山から淡路島に引越して、実家であるアート山 大石可久也美術館の運営に携わるようになりました。海を見渡せる森の中にある美しい美術館です。葉山から離れてしまいましたが、今でもみんなに声をかけてくれると、たくさんの人たちが集まります。

やはり葉山に住んでいた野口暁《あき》さんは、だいぶ年は下ですがわたしと同じ大学院の舞踊科で、振付デザインを研究していた舞踊家。「東日本大震災が起こった数か月後、原発のことが常に話題にのぼる毎日に、これから関東は、日本はどうなっていくのだろうと、漠然と不安にかられていました。日本のことについて何も知らなかった自分に気づき、自国の文化を何かしら身につけたいと着物の着付けを習い始めたり、写経したりする中で、あるコンサートでやまとかたり朗誦を聞いた友人が、とても感動したの！　と熱心に語るのに興味が湧いて、彼女の家で行うやまとかたりの会に参加してみました」とのこと。今ではしっかりと古事記の朗誦もできますので、やまとかたりで舞う彼女の踊りは、いにしえの言葉とぴたりと合います。今、奈良から行くわたしのために、海の見えるダンススタジオで、定期的にやまとかたりの会を開いてくださいます。

北鎌倉や葉山の会に参加した方々の中には、四国や九州、北海道や新潟に引っ越したり、フランスに移住された方もいますが、久しぶりに会に参加して顔を見せてくれると、懐かしくて嬉しくて、一緒に声を出しているだけで、まるで家族や親戚のように、不思議なくらい気持ちが通い合うのです。

多くの方々がすっきりとした心の解放を味わい、古代の言葉の響きを体で感じながら声を出すことの気持ちよさを感じてくれています。そして、古事記や日本の神話、昔から大切にされてきた日本語の知恵、言葉そのものや響きの美しさに気付けたと仰ってくださいます。「注文の多い料理店」の序に宮沢賢治が書いていた、この物語が、「あなたのすきとほったほんたうのたべものになることを、どんなにねがふか」というように、千三百年前に編纂された物語の言葉を声に出して詠むことで、日本語の力や美しさが、食べ物のように体に入って、心身の滋養になってくれるといいなと思っています。

わたしは、小学校の時から中学高校生になっても、机に向かって勉強する時には、まず音読してしまう、それが一番気持ちの落ち着く勉強方法で、国語ばかりではなく、数学や保健体育や美術の本でも声に出して読むのが好きでした。それは今でもかわらないようで何か気に入った文章があると音読してみます。自分が書いた文章、手紙なども一度声に出して読んでみて不自然な感じがないかたしかめてみたりします。また、小学生の時に覚えた早口言葉、毎週日曜日に通っていた教会で唱えた「主の祈り」も、今でも忘れずにすらすら出てきます。

落語の「寿限無」の話のようなものだったと思いますが、童話の中の長い名前、

おおにゅうどうこにゅうどう、まっぴらにゅうどうひらにゅうどう、せいたかにゅうどうはりまのべっとう、へいとこへいとこへいがのこ、へめたにかめた、いっちょうぎりかちょうぎりか、ちょちょらのちょうに、ちょうたろうびつにちょうびつに、あのやまこのやまこうもうすあもうす、もうすもうすのもうしごと、しきしきあんどのへいあんじ、てんもくもくのもくぞうぼう、ちゃわんちゃわすのひひぞうのへいすけ

主人公がこんなへんてこな名前だったことも憶えていて、今でも声に出して言ってみることがあります。歌を歌うことも好きでしたが、それ以上に読むこと、言葉を唱えるようなものが好き

だったのだと思います。

　両親が詩吟をやっていて、教師の父は高校の詩吟部で教えていましたので、わたしも習い小学校四年生の時に、昇級試験を受けたこともありました。四級の試験「太田道灌、蓑を借るの図に題す　作者不詳」から始まる詩吟は、今でも吟ずることができます。

　母と昔一緒に詩吟を習っていた、親友の香織ちゃんのお母さんがわたしのやまとかたりを聞いて「好枝ちゃん（母の名前）の声にそっくり」と感激していましたが、母もそうですが祖母の声、またその前とたどっていくと、いにしえ人の声とわたしは繋がり、それはまさしく連綿と続く命の響きなのだと思います。

　そしてその響きは、今この時に一緒に声を出す人たちとも共鳴できるもの、少なくとも千三百年前に著わされた書物があり、たくさんの方々の研究や苦心の末にその言葉を声に出して読めることは有難いことです。古代の日本人がどのような発音をしていたのか、実際に聞くことはできませんが、ひとりにひとつずつ、古来より続く自分の命の響きを持っています。自分だけの声に耳を澄ませて声を響かせることによって、心を浄め、体を養うことができる、そして、いにしえから日本人が大切にしてきた大和言葉に対する感性が開かれるのではないかと思っています。

　古代の言葉の響きは、果てしなく繋がってきて今ここにある命が、太陽や水、大地や草木など、はかり知れない自然の力、働きによって育まれていることを体に伝えてくれました。たくさんの方と一緒に大きな声を出しながら、おおいなるものに感謝する心が共鳴することを感じることができました。やまとかたりを続けることがわたしにとっての「祈り」だと思います。

老師さま

老師さまにはじめてお目にかかったのは十五年前のことです。銀座のラウンジで古事記朗誦を行った次の日、北鎌倉の円覚寺の庵に伺いました。当時管長を務めておられた足立大進（慈雲）老師のお住まいです。月に一度、円覚寺の大きな広間、大方丈で開かれる日曜説教でお話をされていることは知っておりましたが、お住まいの庵に訪れるのもはじめてでした。庭には陽を浴びた春の花が咲き、手入れの行き届いた小さな野菜畑もありました。

円覚寺は臨済宗の禅寺で、鎌倉時代一二八二年に鎌倉幕府執権の北条時宗により、禅の普及と蒙古襲来による殉死者を弔うために創建されました。山号は瑞鹿山《ずいろくさん》といいます。中国から招いた無学祖元禅師が創建開堂にあたり説法をしている時に、祠から白鹿の群れが出てきて一緒に聞いていたというのが山号の由来です。その祠のあとは、今も残されています。

老師さまが、京都から来られた六十年前、円覚寺の山門あたりはうっそうとした杉木立に囲まれ、日中でも薄暗かったといいます。現在は、昼間は観光客でにぎやかになりますが、開門前の朝早い時間には、山内にぴんとはりつめたような気配が漂い、僧堂から聞こえてくる静かな読経の声は、禅寺のきびしい修行を感じさせます。

老師さまは、臨済宗円覚寺派の第二百十七世として、昭和五十五年から平成二十二年までの三十年間、管長を務められました。大阪の歯科医のご子息として昭和七年にお生まれになり幼い頃は体が弱く、人通りの多い大阪では環境がよくないと兵庫県の田舎の親戚に預けられ、十四歳で朝来町にある臨済宗妙心寺派の大通院の勝山和尚のもとで得度されました。

鎌倉から奈良に引っ越す前に、主人の運転で一緒に朝来まで訪ねたことがあります。脳梗塞を起こされ少し不自由になられ、八十五歳とご高齢でしたが、「最後に故郷に連れて行ってほしい」と仰られ、思い切って京都経由の四泊五日の旅を計画し、お伴させていただきました。幼い頃に預けられていた親戚の家や、その家からお寺までの山道を訪ね、幼なじみの皆さんが集まられた大通院の中を懐かしそうに眺めながら、厳しかった和尚さまのことやいたずらをしたことなど、満面の笑顔で嬉しそうにお話をされていました。

庵に初めて伺った日、丹精込めて育てている花や野菜をすっかりながめることができるような茶室で、老師さまに点てていただいたお茶を飲みながら話をしていると、一陣の風に吹かれて桜の花弁が粉雪のように舞ったのが見えました。思わず「桜が散るのを見ると、亡くなった母のことを思い出します」と話すと、老師さまは黙って筆をとられ、短冊に「母が呼ぶ　声かも知れず散る桜」と書いてくださいました。実際に聞くことが叶わない母の声が、かすかに甦ったような気がしました。母が四十六歳の春に亡くなった時、わたしはまだ大学に通う二十一歳、お葬式の日は強い風が吹き、満開だった桜の花弁が視界を遮るほどに舞っていました。

茶室で母の言葉を思いだしました。「あなたの名前は、おじいちゃんが鰐淵晴子のファンで、おとうさんが杉村春子のファンだったからはるこちゃんになったけれど、わたしは、さくら子ってつけたいと思っていたのよ」

その時ふと、古事記朗誦の時は、「さくら子」という名前にしようと思ったのです。そして「さくら子」の名前に合わせるように、古事記朗誦を「やまとかたり」と名付けました。


老師さまの庵には大きな書庫がありました。本郷や神田の古本屋で収集された貴重な和綴じの経本から、たくさんの宗教書、古い装丁の古事記や日本書紀、風土記もあり、さまざまな全集もありました。一般の書店では見かけないようなマニアックな、興味惹かれる本があり、最初にわたしがお借りしたのは黄檗宗の僧侶である河口慧海の「チベット旅行記」。日本人で初めてチベットに入国した僧侶の本ということで教えてくださったのですが、その時に、わたし専用の本の貸し出しノートを作り、書庫の入り口の釘にかけてくださいました。本をお借りしたことがきっかけで老師さまの庵に伺うようになりました。

老師さまがお住まいになられていた塔頭の敷地内には、日本画家の前田青邨画伯の生前の屋敷が残されていました。建築家のブルーノ・タウトの弟子が設計された広い日本家屋で、奥にあるアトリエは画伯以外、弟子でも簡単に立ち入ることができないないほどの聖域だったそうです。

青邨邸を譲り受けたあと、老師さまはできるだけ画伯が暮らしていた時のままにしておこうとお考えになり、大きな座卓の上には、何本もの絵筆や色とりどりの絵具の残る皿まで置いてありました。毎日風を通すために、何枚もある古い木製の雨戸を開け閉めし丁寧に管理されておられました。いつでも気持ちの良い場所でしたが、机の前に飾られた大きな青邨画伯の写真は、そこに実際にいらして、まさに今、絵を描こうとするかのような迫力があり、その前に行くと背筋がのびて気持ちが引き締まりました。

老師さまの庵に伺うようになって、いろいろなお手伝いをさせていただきました。管長を退かれたあと、老師さまは毎日のように外に出て庭や畑の作務をしておられました。毎週決まった日に、数人のお手伝いの方が来られておりましたので、その方々の昼ごはんのうどんを用意したり、お客様にお茶を淹れたり、家の中の様々な雑用です。青邨邸の雨戸の長い廊下の拭き掃除や茶室の掃除など。青邨邸には涼しい風の通り道があるようで、真夏でも、掃除のあとに廊下に座って休むと気持よく、気付くと一時間も眠ってしまったこともありました。

管長を勇退された後も、老師さまの庵には毎日大勢の方が訪ねてきました。僧侶やお寺関係の方ばかりではなく、座禅の指導を受けた方や古いお付き合いのある友人、突然ふらりとやってきて、悩みを相談する方や学生もおりましたが、老師さまはどんな時にも、「まあ、そこに座りなさい」と、縁側に腰かけ一緒にお茶を飲みました。並んで座って話すことは面と向かうよりも気持ちが楽で話しやすい、とくに何か悩みがある人や心が傷ついている人とは、ただお茶を飲むだけでいいのだと仰っておられました。毎日淹れるお茶もたくさん必要で、数日おきに大きな鉄の鍋でお茶を焙じました。焙じ方も老師さまに教えていただきましたが、不思議なことにわたしが焙じたものとは味わいが違うのです。お抹茶もそうでしたが、老師さまがあつかったお茶は、すっきりとした深みのある味になりました。

庭には梅や夏みかん、花梨《かりん》など実のなる木がいろいろあり、老師さまはよく果実酒を作っておられましたが、冬になると柚子の実で柚子味噌を作りました。ビンを煮沸してから、できあがった柚子味噌を熱いうちにビンに詰めて蓋をするとピタッと密封できるので、作業は一気にやってしまわなければなりません。用事や来客の予定の少ない時に、まとめて何十個も作りました。

柚子の皮をむき細かく刻んで実を絞り、味噌と砂糖を鍋にかけて強火で練り上げていく作業は時間も手間もかかり大変でしたが、火の加減も絞り汁と刻んだ皮を入れるタイミングも、毎年老師さまと一緒に作りながら覚えることができました。できあがった柚子味噌は絶品でした。自宅で食べるもののほかに、庭や畑仕事の手伝いに来てくださる方に差し上げたりされましたが、老師さまは何かあった時のためにと、毎年作ったものは大切にしまっておかれましたので棚の中には歴代のものが並んでいました。

何年も前に作り、色が変わってしまったものもありましたが、開けて食べてみると作り立てとは違った味わいがあり、風呂吹き大根にその柚子味噌はよく合いました。今ではわたしもひとりで作れるようになりました。柚子の匂いを嗅いでいると、老師さまと一緒に庵の小さな台所で、何時間もかけて刻んだり絞ったり、強火で練り上げたりしたことが懐かしく思い出されます。

地震や災害などで寺に人が集まってくるような非常時のために、そういう柚子味噌のほかにも、お正月で残った鏡餅を乾燥させて細かく砕いたものや、いただいた羊羹やはちみつは、食べずに棚の中にしまってありました。砂糖と小豆と寒天だけで作られた本練り羊羹は、すぐにカビが生えたり腐ったりはしないと、老師さまは常々仰っており、わたし自身は半信半疑でしたが十年経ったものを食べてみたことがあります。それはカビも生えておらず、味も大丈夫、お腹を壊すこともありませんでした。

老師さまは毎日、和紙や色紙、短冊に揮毫を頼まれ、表装された墨蹟の箱書きなど、たくさんの墨書きをされましたので、大きな硯で墨をすりました。半分の墨をするにも、三十分もかかるほどの大きさでしたが、わたしは縁側に座って集中して墨をする時間が好きでした。雨が降って、訪ねてくる人が少ない時などは、暗くなるまで一日中書き続けられ、時には何十枚にもなるほどでした。墨が乾くまで部屋に並べ、乾いたものから落款を押していきます。その手伝いをして終わった時に墨が少し残っていると、禅語などの言葉を書いていただくこともありました。

最初に、茶席で使う扇子に書いていただいたのが、「明珠在掌《みょうしゅたなごころにあり》」。今でも一番好きな言葉です。年の暮れ、大掃除が終わったあとには必ず新しい扇子を用意して、禅語を書いていただきました。

ある時、「葆光」という言葉を書いていただきました。普段から、禅語は読むことができればいい、意味を調べて納得するよりも、読むことができ心にとめておけばいつかその意味がわかるようになるからと仰っておりましたが「葆光」の意味はもちろん、読むこともできずにいると、これは「ほこう」あるいは「ほうこう」と読んで、草の下の光ということ、どんなにたくさんの草が覆い被さっていても、本物の光は、その草を通して人に届くものだから、人前に出るような仕事をしている人は、そんな心がけを持つことが大切だよと教えてくださいました。やまとかたりを始めるようになり、大勢の人の前に立つことが多くなりました。この扇子を帯にさすときに、「葆光」について話してくださった老師さまの言葉を思い出します。

二〇一一年の東日本大震災をきっかけに、やまとかたりに興味を持つ方々が増えました。日本の神話や大和言葉の会を開きたいけれど、一緒に大きな声を出せる場所が必要になります。そのことを老師さまに申し上げましたら「それならば、青邨邸を使うといい、社会のため、人のために一生懸命になることは大事なことです」と仰ってくださいました。そして六年のあいだ、定期的に「やまとかたりの会」を開かせていただきました。

＊

令和二（二〇二〇）年、春の陽射しの中、老師さまが遷化《せんげ》されました。「遷化」とは、教化の場を遷すという禅宗の僧侶の死を意味する言葉です。四年前に脳梗塞を患われ療養中でしたが、一か月前から水も食べ物も一切口にされず、点滴も最低限の薬のみという状態でしたので覚悟はしておりました。

亡くなられる二週間前にお会いして最後のお別れになるかもしれないと思っていたのですが、そのあと奈良に戻り、自分自身も三日間なにも食べられなくなり、なんだか調子がおかしくて、鎌倉に行くことにしました。わたしが着いた午後から危篤状態になられましたが、ご自宅だったので奥さまの靖枝さんと一緒にしっかりと五日間お側で付き添うことができました。おだやかに帰寂されたお姿は仏像のようにきれいでした。

数年前、ご自分の死装束のご準備をされたことがあり、衣装箱に着物や袈裟、肌襦袢から襌、足袋、袂に入れるハンカチや小銭まで楽しんで用意されているご様子でした。何につけてもユーモアたっぷりでしたので、四年に一度しかやってこない二月二十九日に逝かれるのでは、という予測どおりに、引き潮の時刻にすっと息をひきとられて、ほんとに老師さまらしいです。通夜、密葬では、管長を務めておられた三十年の間、一度も休まずに日曜説教をされていた大方丈に、大勢の僧侶の方々の魂の充溢のような荘厳な読経が響き渡りました。

ご一緒に過ごさせていただき、たくさんの学びをいただいた言葉で表せないほどの存在でした。なにひとつご恩返しはできませんでしたが、「受けた恩は返さなくていい、その恩をほかの人に送ればいい」と「ご恩送り」ということを仰っておられましたので、いつかわたしも老師さまにしていただいたご恩のわずかでも、つぎの方に送ることができるようにと思っております。

脈も血圧もとれなくなってもなお、眼を開き話しかけてくださいました。お医者さんをはじめ、見守って下さっている方々への「ありがとう」を仰っていたに違いありません。最期の暁闇の中、ベッドの脇で口ずさんでいた「ゆりかごのうた」「故郷」をお聴きになられた老師さまが涙を流されました。「看取ってほしい」と冗談のように仰っておられましたが、最後の約束を果たすことができました。

第2章　奈良だより

春

神鹿の住む山の麓へ

「あった、あった、ここの家」という声が聞こえたような気がします。鎌倉から奈良に引っ越してきた次の日の雨降りの夜、荷物の整理をしている時のことでした。その不思議な気配に、ふと二階の窓から外を覗くと鹿が総勢七、八頭、窓の下に並んでこちらを見上げていたのです。

角の生えた大きな鹿、お母さん鹿の側に小鹿もいて、一族そろってやってきたという風情。鹿を怖がらせないよう気持ちを抑えながら夫を呼び、玄関の戸を開けました。

奈良の新しい住まいは、近くに春日大社や新薬師寺、旧志賀直哉邸などが建ち並ぶ高畑町《たかばたけちょう》にあります。千年以上の昔から明治時代までは、春日大社の神職の方が住まわれていた場所でもあり、今でも高畑は「旧社家町」という呼び名が残っています。

千二百五十年ほど前、茨城県の鹿島から、白い鹿に乗った神様が御蓋山《みかさやま》の山頂に降臨されたというのが春日大社の起源です。「鹿島立神影図《かしまだちしんえいず》」にその神様のお姿が描かれています。古事記の中では武甕槌命《たけみかづちのみこと》という、出雲の国で国譲りを迫る日本一強い武勇の神様。神話の世界から今に至る長い歴史の中で、国をお護りする神様のお供でやってきた白い鹿の子孫である鹿たちは「神《しん》鹿《ろく》」と呼ばれ、大切にされてきたのです。

どきどきしながら玄関の引き戸をあけると、そこには「待っておりました」とでも言いたげな表情、わたしが「ようこそおいでくださいました」と声をかけても、丸い目を見開いたままこちらをみつめて立っています。雨はほとんど降っていませんでしたが、街灯の下で背中の毛がしっとりとぬれて光って見えました。玄関前に横並びに一列、先頭は脚の長いきれいな牝鹿で、あいだに様々な大きさの鹿たちを挟んで、最後は立派な角の生えた一番大きな牡鹿が、みんなを見守るように立っていました。しばらくすると鹿たちはさっと向きを変えて、行儀よく一列に並んで家の前の路地を森のほうに向かって帰っていきました。昨日、わたしは近くの森で一頭の鹿に出合っていたことを思い出していました。

これまでの私の日課は、朝の浜辺で声を出すこと。海に向かって声を出していると、自分の声が波の音に消されよく聞こえなくなるのですが、響きが震動として伝わって、体全体で声を出しているような、また体全体でその声の響きを受け取っているような感覚になりました。古事記の朗誦をする時には、そういうからだに感じる響きを大切にして声を出していました。奈良には海がないので、近くの森で声を出そうと決めていたのです。

昨日、夫の運転する車で鎌倉から奈良に着いたのが朝六時頃、新しい家で少し横になっていると、どこかのお寺から鐘の音が響いてきました。とりあえず身支度を整えて家を出ました。近くの森の中に入り、その小道で声を出していると、一頭の鹿が生い茂る草木の奥から出てきてじっとこちらをながめていたのです。毛並みが艶々としたスタイルのいい牝鹿でした。新しい家の前にやってきてくれた鹿たちは、きっとあの鹿の一族、もしかすると先頭の牝鹿がそうだったのかもしれませんが、みんなで一緒に挨拶しに来たのかもしれないと思いながら、二月の寒い奈良の雨の夜に、温かい気持ちになりました。

家から歩いて数分のところに広がる春日原始林。御蓋山とそのうしろに連なる春日山、花山、芳山《ほやま》の春日奥山、それらは古代から神の山として崇められ、禁足地だったために人が入ることがなく、長い時の中で守られてきました。そこに住む御神鹿は、今は千二百頭以上と数はふえているそうですが、平安時代、神社で鹿に出合うことは、大変な吉祥であったとその頃の書物には書かれています。神社で売っている小さな絵本『春日の森の昔ばなし』には、「字が上手なことで大へん高名だった藤原行成という中央の役人が、春日さんへお参りした際、参道で鹿に出合いました。彼はその時の感想を『これは春日の神さまと心が通じあった証拠で、何かよいことが起りそうだ』と、帰ってから日記に書きしるしました。」とあります。

平安時代の頃よりも数が増えているとは言え、神社や森、家の近くで鹿に出合えた日はとても幸せな気持ちになる、やはり、吉祥に違いないのです。

花が咲き始めて、春らしい日が続くようになったある日、知人から「鹿の赤ちゃんが生まれ始めたみたい、六月になったら、鹿苑《ろくえん》で、バンビちゃんたちの公開があるのよ」と連絡がありました。

鹿苑は春日大社の境内にある鹿の保護施設。妊娠したお母さん鹿を保護して出産させる場所ですが、公園で人間にちょっと悪さをした鹿も保護されています。普段は穏やかで人が近寄っても平気、車道も歩道も公園も神社や寺の境内も気にせずに悠々としていますが、妊娠した鹿や子育て中の鹿は神経質になり子を守るために、人間に対して攻撃的になります。

鹿の妊娠期間は、人間より少し短い二百十日から二百三十日。出生時の体重は約三千グラムで人間の赤ちゃんくらいだそうです。生まれたての鹿は小さくて可愛らしいので、観光客が抱いてしまうことがあります。母鹿は人の匂いがついた子鹿の育児を放棄してしまい、授乳しなくなることがあるため母子ともに保護されるのです。すべての鹿を保護できるわけではないので、時折、春日大社の境内のめだたない場所や禰宜道《ねぎみち》の森の中で出産したりすることもあり、生まれたての子鹿が、母親のおっぱいを飲んでいる姿はたまに見かけることもあるのです。

ある日の夕方、今まで見たどの鹿よりも小さくて足が細く、震えている小鹿が通りの角を曲がってうちの側にやってきたことがあります。母鹿を探しているのだろうと、心配でしばらくながめていましたが、ふらふらした足取りのまま、急ぐように家の前を通り過ぎて行きました。無事に母鹿に会えただろうかと、時々あの心もとない姿を思い出します。

万葉集、大伴家持の歌に、

高円《たかまど》の秋野のうへの朝霧に妻呼ぶ牡鹿出で立つらむか

という歌があります。秋になると牝鹿を求愛する牡鹿の高い声が、街の中でも聴こえるそうですが、発情期の牡鹿は牝鹿を取り合う戦いのために、自分で角の先を木にこすりつけて鋭く尖らせるのです。牡鹿同士も角で怪我をしないようにと、江戸時代から続く「角切り」が毎年鹿苑で行われます。走り回る大きな牡鹿を数人で追いかけて縄を投げて角にひっかけ、倒れたところをみんなで抑えつけて角を切るのです。角は爪みたいなもので切られても痛くはないそうです。三百五十年ほど前から続く伝統行事を一度見てみたいと思います。

先日、奈良公園の鹿五十頭ほどが朝方の商店街を全速力で駆け抜けたというニュースが話題になっていました。また、ここ数年のことですが、夏の夕方、百頭近い鹿が奈良国立博物館の前の広場に集まり出して、日が暮れると並んで森に帰っていくそうです。どちらも理由はいっこうにはっきりしないようです。二十六頭の鹿の群れがひざまずいて明恵上人《みょうえしょうにん》をおがんだ話が七百年以上前の「春日権現験記絵《かすがごんげんげんきえ》」の中にでてきますが、そこまでとはいかないけれど、わたしにとっても不思議で印象深い出来事がこれからもきっと起こりそうです。

白い桜の花「波波迦《ははか》の木」

和暦の「如月《きさらぎ》」は「気が更に来る」という意味合いを持つ二月の名ですが、新暦では二月末から四月にかけての頃、草木の芽吹き、咲き始める花の勢いに、命の歓びを感じる時季です。

三月末に、東京の大学に通う次女が、はじめて奈良の新しい家にやってきました。せっかくなので、一緒に京都の桜、琵琶湖の桜を見に行きました。ちょうど訪れた場所はどの日も快晴で、木屋町の高瀬川にかんざしのように垂れ下がる枝垂れ桜も、鴨川沿いの染井吉野も、琵琶湖に浮かぶ竹生島の山桜も、すべてが満開でした。奈良では、桜井の休耕田に植えられた里山の桜を見に行きました。

「霞たち咲きにほへるは桜花かも」と万葉集の歌のような景色。万葉集の朗唱で有名な犬養孝先生が「意味だけ考えるのなら、万葉集はちっともおもしろくない、声に出して歌うようにできているのですから」と仰っていましたが、

かすみたち――さきにほへるは――さくらばなかも――

と語尾を長く引っ張って朗唱すると、言葉も景色と一体となって体中に感じることができます。その場にいなくても、その時のことを思い出しながら部屋の中で朗唱してみると、温かい春霞の景色が浮かび、桜の匂いまで漂ってくるような気がします。

奈良の桜の名所といえば吉野山ですが、山の入り口にある金峯山寺《きんぷせんじ》の蔵王権現《ざおうごんげん》は、千三百年前に実在し、さまざまな伝説が残る修験道の開祖である役行者《えんのぎょうじゃ》が千日修行をしたのちに感得したと

言われています。蔵王権現が桜の木で彫られていることから、霊験を求めた多くの人たちが祈りをこめて吉野山に桜を植えたそうです。「幸せを願う人々の純粋な祈りの心、それが吉野山の桜の美しさです」と奈良のテレビでアナウンサーが話しているのを聞きましたが、春の山を覆い尽くすように、微妙に色の違う桜の花がグラデーションを描いて咲いている様子には、まさに手を合わせたくなるような神々しさがあります。

古事記の中に登場する桜の女神といえば、木花之佐久夜毘売《このはなのさくやひめ》。天孫降臨の話の中で、高天原《たかまのはら》から降り立った邇邇芸命《ににぎのみこと》が一目ぼれした美しいお姫様です。「さくら」という言葉は、「咲く、うらら」と花が咲くのどかな様子を表しているそうですが、冬の寒さに立ち枯れたような幹や、暖かくなると、枝から直接いっせいに花開いていく桜の姿は、パッと気持を明るくさせてくれるものです。

また、大和言葉で「さ」は稲の神様、「くら」は大切なものを蓄える場所をあらわしていて、桜は穀神の宿る木、花の咲き具合で、その年の稲の収穫が決まると考えられていたそうです。「いね」は命の根っこ、生命力の源である稲が不作だと人々は生きてはいけません。山から下りてきた田の神様に喜んでもらい、秋の豊作をお願いするために、みんなで酒盛りをしたお祭りがお花見なのです。満開の桜の花を見て、人々は黄金色に輝く稲穂が揺れる秋の景色を思い描いていたのでしょう。そんな古代から行われてきた大切な風習を、今でもわたしたちの体はしっかりと覚えていて、桜の花が咲くと無性にお花見に行きたくなり、みんなで集まって大騒ぎをしたくなるのは、そんな理由なのかもしれません。

お花見といえば、思い出すのは大学の時、所属していた運動部の春合宿の最後に行われるマラソンのあとのお花見です。かなりの距離を走ったあと、バスで桜の名所に行きそのままお花見の宴会が始まりました。敷物に座り、みんなで乾杯をした覚えがあるのですが、わたしは、始まると同時にそのまま仰向けにぱたりと倒れ、眠ってしまったのです。というよりは、気を失ってしまったというほうが近いような気もします。お花見の間中、みんなの声は聞こえ、何度となく起きようとするのですが、どうしても起きあがることができず、わたしの目に入るのは群青色の空を背景に、重なり合って揺れる数えきれない桜の花びら。しっかりと目覚めた時にはもうすでにお花見は終わっていました。それほどお酒は飲んでいなかったのですが、「マラソン走った後だったからお酒のまわりが早かったのよ」という先輩もいましたが、今でもわたしは、桜の精に惑わされたに違いないと思っています。

古事記の中に登場する桜で、「波波迦《ははか》」という木があります。

四月も半ばが過ぎ、染井吉野や枝垂れ桜、八重の桜も終わった頃に親しくしている高取町の谷口さんから待ちに待った連絡がありました。

「波波迦の木、花が咲き始めましたよ、見に行きましょう」

奈良に来たら一番に見てみたい花が波波迦の木、別名「朱桜《にわざくら》」「上不見桜《うわみずざくら》」。古事記の神代篇の天岩戸《あまのいわと》の段で、天照大御神に岩戸の中からお出ましいただくため神々の話し合いが行われ、木の皮で牡鹿の肩の骨を焼き卜占《ぼくせん》をする時に使われた桜の木です。

あめのかぐやまの　まをしかのかたを　うつぬきにぬきて
あめのかぐやまの　あめのははかをとりて
うらへまかなはしめて

とあるように、占いには天香久山《あめのかぐやま》（古事記の表記は天香山）の波波迦の木が使われました。天香久山は、頂上まで二十分ほどで登ることができるようななだらかな山ですが、天から降ってきた山と伝えられ、畝傍山《うねびやま》、耳成山《みみなしやま》と共に、大和三山をなす象徴的な山です。うっそうとした草木の中に、古代から変わらない静かな気が感じられ、長い時の中で行われてきた祭祀の声が聴こえてくるようです。麓にある天香山神社《あまのかぐやまじんじゃ》、そのご神木が波波迦の木です。

天香山神社に行く前に、明日香と高取の間にある道路沿いの大きな波波迦の木を見に行きました。ひときわ高く道路を見下ろすように立っているその木はちょうど満開、たくさんの真っ白な花がふわふわと浮かぶように揺れています。花が咲いてなければ、どの木が波波迦なのかわかりにくいのですが、花は特徴的で、真っ白な猫じゃらしの様に、穂のような形でついています。これが桜とはとうてい思えない姿ですが、花に近寄って匂ってみると、ほのかにやさしい桜の香り、よく見てみると小さな五弁の花びら、それはまさしく桜の花の形です。

天香山神社は、山の緑に囲まれた静かな場所にありました。神社の入り口、鳥居をくぐったところにあるご神木の波波迦にはしめ縄がはられておりました。残念ながら花はほんの少ししか咲いておらず、昨年たくさん咲いたせいかもしれないとのことでした。それでも、咲いている真っ白な花、神話の中で伝えられてきた天香久山の波波迦の木の花を間近で見ることができました。

お城と古墳と薬とお雛様と

好きな絵本はと問われると「ブルッキーのひつじ」(M・B・ゴフスタイン作、谷川俊太郎訳)と答えていた頃がありました。絵も言葉もシンプルで、本の体裁がこぢんまりとしていて、生成り色のカバーをとると、優しい緑色の布張りになっていて特に宝物のような絵本です。

鎌倉に暮らしていた頃、奈良県の老人ホームに人づてで朗読CDを送っていたことがありますが、ゴフスタイン作の「ゴールディーのお人形」(末盛千枝子訳)は最初に録音した本です。そのの ち奈良に暮らすようになり、高取町壺阪寺の「慈母園」という目の不自由な方のための老人ホームの朗読ボランティアをすることになったのですが、偶然にも以前朗読CDを送っていた同じところでした。縁とは不思議なものです。

高取は日本三大山城がある町。明日香村に隣接した古代飛鳥と呼ばれる地域でもあり、古墳の多いことでも有名です。人口は約六千六百人、畑もありのどかで穏やかな町ですが、土佐街道の二キロにわたってのびた通りには、立派な武家屋敷の門構え、窓も格式ある造りの家もあり、

「連子窓」や「虫籠窓」と言うそうですが、城下町らしい佇まいが今も残されています。お城の天守閣はありませんが、天守台や太鼓櫓《たいこやぐら》の石垣などが残っており、七つ井戸の跡やちょっとおどけたような格好の猿石もあり、日本最大の山城と言われた高取城跡は見どころも多いのです。CGで再現した在りし日の城の様子を見たことがありますが、驚くほどの立派なもの。南北朝時代に奈良から吉野への通り道、交通の要としての芋峠を抑える役割を担っていたようです。

幕末まで城としての機能を果たしていたそうですが、江戸時代徳川家の家臣植村氏が初代藩主となり、明治維新まで十四代続きました。直系の末裔は前町長さんですが、県の指定文化財になっている今のお住まいは見ごたえのある武家屋敷です。その長屋門は海鼠壁《なまこかべ》というのですが、北欧テキスタイルのような鮮やかさです。街の中には古い時代の瓦屋根も多くみられますが、厄除けの意味がある先端の鬼瓦も、その形は、鬼ばかりではなく蓮の花や家紋など様々あり、優れたデザイン性に観ているだけで楽しくなります。

高取の町を囲む丘にはそこここに盛り上がりがあり、古墳が築かれていることが多いとのこと、その数、千基はあると言われています。五世紀後半古墳時代、都に近い高取には、渡来人が多くおり、海外の文化をいち早く取り入れていた町だったそうです。奈良に住むようになって古墳の数も、種類もこんなにも多いものかと知りました。先住の古代豪族と渡来人の古墳は形が違い、見ただけでわかるようになりますよ、と聞きました。どのように違うのか見て回りたいと思うのですが、そもそも亡くなられた方を埋葬した場所、古代の人々の信仰と弔いへの敬虔な思いがこもっています。これから、時間をかけて歴史を学び、ひとつひとつ訪ねてみたいと思います。

高取は薬の町でもあります。大和売薬は、中国の医薬術と薬草が多く育つ土地に伝わってきた秘伝の薬の作り方、その合体による民間薬が修験者によって広められ始まったと言います。有名な「富山の薬売り」と同じく、一定量を保つように補充して使った分を集金する置き薬方式、昔は、柳行李《やなぎごうり》を背負って行商して歩いたそうです。古くは推古天皇の薬狩り、日本書紀の記述には推古十九（六一一）年五月五日の一回目は現在の宇陀市、「菟田野《うたの》」で行われたとありますが、そのあとに出てくる「羽田」は高取町の羽内から市尾あたりです。

はじめて高取に訪れた時に、観光案内所「夢創舘」で高取町産の大和当帰《とうき》入りの入浴剤を買いました。体の芯から温まる優しい薬草の匂いです。生の野菜として売られているものを鍋に入れると独特の匂いがして、すぐに当帰だとわかります。一度嗅ぐと忘れらない、女性の体のためにもいいと聞いたことも思い出す匂いです。

万葉集巻十七に大伴家持が詠んだ薬狩りの歌があります。

かきつはた衣《きぬ》に摺りつけ丈夫《ますらお》のきそひ猟《かり》する月は来にけり

杜若の花の青紫色を摺りつけた衣で、薬狩りをする五月がやってきた、という五月五日の端午の節句に因んだ歌です。五月のはなやかな彩りある景色の中で、まじないのように杜若の花を衣に摺りつけるという行いと、決められた時に薬草狩りを始めるということが、一人前の男になるために大切な風習、儀式のように感じられる歌です。行事や慣習は、季節とその時期の人の体によい関係をつくるために、知恵をしぼって先人が作り上げてきたもの。高取でも行われていた古代の薬狩りの様子を想いながら歌を詠んでみると、遠くの山裾に描かれた情景が浮かんできます。

高取町では三月に雛祭りを盛大に祝う「町家の雛めぐり」という催しがあります。土佐街道沿いの旧家や町家、老舗、店舗、街角でお雛様が展示され、誰でも見ることができます。はじめて廻った時、なかなかお目にかかれない江戸時代の享保雛があり、古風な京美人の卵のような顔立ちと静かな能面を思わせる大振りの人形は見応えがありました。また、その家に伝わるお雛様への思いなどが感じられる逸話も添えられていて、じっくり味わいながら土佐街道をめぐると、自分のお雛様も飾りたくなってきます。

ふたりの娘には祖父母からいただいたお祝いで、それぞれにお内裏様とお雛様だけのものをわたし達夫婦が選んで買いました。木目込み人形で出し入れも簡単ですが、毎年出すたびに生まれた時のふたりの姿を思い出します。わたしのお雛様は七段飾り。小さい頃には母とふたりで、楽しみながらひと晩かけて用意したものです。仕舞う時は三月四日の昼間のお日様があるうちに、ひとりひとりの顔には和紙を巻き丁寧に扱いながら片づけました。お雛様とお内裏様、三人官女は母方の祖父母、五人囃子と右大臣左大臣は父方の祖父母、牛車やこまごまとしたお道具は父母がそろえたと母から聞いたことがあります。わたしが生まれたことを喜びながらそろえてくれたお雛様は、長い間箱の中のまま、引越す時に人形供養に出そうかとも考え悩んだ末に、奈良に持ってきました。今はものが増えすぎるので、要らないものはさっと整理して手放すことが流行りのようになっていますが、高取の「雛めぐり」を見た時に、やっぱり持ってきてよかったと思いました。

「ゴールディーのお人形」に出てくるランプを作った人の言葉に「私はあのランプを、会ったこともないあなたのために作ったのです。どこかの誰かが、きっと気に入ってくれると信じて、一生懸命作ったのです」とありますが、高取の雛めぐりは、人形の作者の思いも、揃えてくれた親の愛情も、みんな一緒に味わい尽くせるような、街中でお雛様を飾る楽しい行事です。

不思議な茶碗

四月の半ばになると、生まれたての赤ちゃんみたいな柔らかい緑色だった木々は、日毎に鮮やかに、深い色合いに変わっていきます。様々な花も咲きはじめ、近鉄奈良の駅から家まで歩くと四十分はかかりますが、春の日のお散歩は、木や花の美しさに目を奪われて、あっという間に家についてしまいます。ぷっくり膨らんだ梅の実も、大きな牡丹も、奈良ならではの新鮮な色合いに見えました。

わたしの故郷北海道では、四月後半から五月にかけてが桜の時季です。母が亡くなったのが四月二十九日、お葬式の日に強い風が吹いて、満開の桜の花がいっせいに散っていた光景は忘れられず、もう四十年近くたっていても、桜が散るのを見るとその時の切ない気持ちを思い出します。

命日になると、母を思いながら抹茶をいただきます。今年は、ならまちの和菓子屋さんで奥吉野の本葛と丹波小豆のこし餡でつくられた葛焼きを買って、北海道と奈良の縁が、半世紀の時を越えてつながった不思議な茶碗でお茶を点てていただきました。

わたしが、お茶とお花を習い始めたのは、中学三年生の時です。「受験なのだから、始めるのは高校生になってからにしてはどうか」と母から言われましたが、どうしても今始めたいと無理を通して習わせてもらいました。テレビで見た芸者さんがいろいろなお稽古に通っているのを見て、芸者さんになりたいと親に言ったこともあります。「大変だからそれはやめなさい」と言われてしまいましたが、その頃はとにかく、お稽古事に熱心でした。

お花は、学校の授業時間が少なく早目に帰れる水曜日だったと思います。先生のお宅は家の隣でしたので、学校から戻り、制服を着替えるとすぐにとんで行きました。一回のお稽古で自由に活ける現代的なものと、活け方に決まりのある立花《りっか》のような古典的なもの二種類を活けました。立花は木や花の位置、向きや型に決まりがある中に、季節性や花や木の特性を自然に生かして活ける、さらに言えば、花入れの中に自然の摂理、森羅万象を閉じ込めるような活け方です。そういったものの方が覚えるのが難儀ですが力がこもり、先生に教わって活けたものを、その場で絵に描き説明を添えて、家に帰ってからまた夜遅くまで、何度も活けなおしてみました。

お茶の稽古は土曜日、学校の授業が終わるとバスで、お茶の先生の家に行きます。それまで甘いものが苦手で、ケーキやクリーム類、お汁粉、羊羹、お饅頭、自然な甘さのさつまいもやカボチャなども好んで食べる方ではなかったので、習い始めた中学生の頃は、出された和菓子はいつも懐紙に包んで持ち帰っていました。それが、高校生になって初めて和菓子が美味しいと思ったのです。ちょうど、制服が夏服に変わった頃でした。お茶の先生の娘さん、生まれたばかりの赤ちゃんを抱いた姿をみたこともあるので、お母さんになりたての年齢だったと思いますが、その方が、「今日のお菓子、わたしがつくったのよ」と大きな菓子鉢を抱えて持ってこられたのです。中を覗くと、実際に水が張られていたかどうかは覚えていませんが、氷が水に浮かんでいるような透明なお菓子が並び、庭の鮮やかな緑の葉っぱも散らしてあり、見るからに涼し気なものでした。「葛の中にあんが入っているのよ」というそのお菓子は、甘味を押さえたこしあんがとろんとした葛にしっくりとなじんだ軽い口当たり。その日から、今日はどんなお茶菓子が出るのかしら、と楽しみになりました。大学受験の最中も、お花とお茶の稽古は休まずに通いました。

お茶の稽古から帰ると家でもその日習ってきたお点前をやってみます。本格的な道具がなくても、やかんやどんぶりが釜や水指《みずさし》、建水《けんすい》のかわりになりました。

習い始めるときに、町のお茶道具屋さんに行き、袱紗《ふくさ》、扇子、懐紙ばさみ、菓子きり、萩焼の抹茶茶碗と茶筅《ちゃせん》と茶杓《ちゃしゃく》を買ってもらいました。その時に買ってもらったものは、今でもとってあり、手にすると、お茶道具店に入った時の初めての緊張感、嬉しさを思い出します。萩焼の茶碗のほかに、家には箱に入った抹茶茶碗がいくつかありました。綺麗な京焼の茶碗は、高校教師だった父が修学旅行の引率で、京都に行った時に買ってきたもので、その中に小学生の頃から使っていた白地に墨文字が書かれたちょっと変わった茶碗がありました。高台《こうだい》が高くてどっしりとした安定感がありますが、すっきりした形です。父が好んでいたので、家で稽古の時、父に点てる時にはその茶碗をよく使いました。

その後、大学の時に母が亡くなり、のちに父が再婚する時に家の整理をし、思い出のお茶道具、水屋棚を北海道から東京に送ってもらいました。結婚して夫の仕事の都合で、イギリスに暮らすようになった時は、水屋棚は手放しましたが、いくつかの茶道具は持って行き、イギリスでも折に触れてお茶を点てて楽しんでいました。エディンバラ、ロンドン、帰国してからも何度か引っ越しを繰り返してきましたが、いつまでも壊れずに使い続けてきたのが、その白地に墨文字が書かれた頑丈な茶碗でした。

古事記原文を声に出して朗誦する「やまとかたり」を行うようになり、奈良県主催で「古事記特別講座」、式年造替の奉祝記念の「やまとかたり」の奉納を春日大社のご本殿で行うことが決まった頃でした。何気なく茶碗の墨文字を目で追っていた時に、それまで、「京都」と書いてあるとばかり思っていた字が、よく見ると「奈良」であることに気が付きました。ほかの字もよく見てみると、「神」「仙」「境」であることがわかり、パソコンで「奈良、神仙境」と入れて調べてみました。驚いたことに、それは、春日大社の中にある土産物屋、お食事処でした。

その後、打ち合わせの折に、春日大社の方に神仙境に連れて行っていただきました。「古事記特別講座」を行う感謝・共生の館から歩いて数分のところにある神仙境は、修学旅行生や多くのお客さんでにぎわっていました。

社長さんにお会いして、わたしの持っている「奈良　神仙境」の文字の入った茶碗の話をしますと、懐かしそうに「それは、先代の社長である父が、お世話になった方に渡していたものですね」と仰いました。焼き物が大好きだった先代の社長さんは、お店の名前の入った抹茶茶碗を、いろんな窯元に頼んで作ってもらっていたそうです。

「家にはその茶碗もあまり残っていなくて、赤膚焼《あかはだやき》のものもあったんです、骨董屋で見つけた時には懐かしくて、お金を出して買ったこともあるんですよ」と、出してきてくれた茶碗は、少し小振りでしたが「奈良　神仙境」の墨文字が書かれたわたしの持っているものと同じ形の茶碗でした。

父の抹茶茶碗は、先代の社長さんからいただいたものだったのです。五十年も前にもうすでに、奈良との縁がつながっていたような不思議な気持ちになりました。それにしても、北海道で毎日のように使っていた茶碗が、東京やイギリスを経て奈良の地に戻るまでの半世紀、割れずにいてくれたと思うと、奇跡のように思えてきます。

数か月後に、神仙境の社長さんが「蔵を探したら、出てきました」と仰って、箱入りの茶碗を二個もってきてくださいました。長い間箱にしまわれていた茶碗は、つくりたてのように真っさら、使い続けてきた茶碗は手になじむようなくすんだ色味。同じ茶碗なのに違いははっきりと見て取れます。三個になったその茶碗を並べると、父と母と一緒に、やかんでお茶を点てて稽古をしていた頃のことがふっと浮かんできました。

和菓子

奈良では、お水取りが終わると春がやってくると言われています。東大寺のお水取りの行法の時季だけに作られる老舗和菓子屋の「糊《のり》こぼし」は、春の精霊が宿ると言われる椿の形の生菓子です。東大寺の「お水取り」になぜ、椿なのか、と思って調べてみますと、この行事は、長い冬籠りがあけたことを喜ぶ春のお祭りであるとともに、お坊さんにとっては厳しい厳粛な修行でもあるとのこと。千二百年以上前に、東大寺の開山様良弁《ろうべん》僧正のお弟子さんの実忠《じっちゅう》和尚が始められたそうです。修二会《しゅにえ》中に和紙で作り観音様にお供えされる「二月堂椿」という造花も、また、開山様の良弁堂に咲く椿も同じ種類の斑《ふ》入りの椿「糊こぼし」ということで、このふたつの椿を見立てたお菓子だそうです。

鎌倉で、親しくさせていただいていた円覚寺の老師さまのところに、毎年二月になると、その老舗の和菓子屋の赤と白の花弁のふんわりと柔らかい椿の練り切りが、綺麗な箱に入って届きました。その箱が届くと、いつも「奈良の糊こぼしが届いたよ」と連絡があり、伺って茶室でお茶を点てていただくと、「春が来た」としみじみと感じたものでした。

奈良に暮らすようになり、ちょうどお店の前を通った時、赤と白の花弁に、緑の葉っぱの椿の絵のなつかしい箱が目に入りました。お水取りが終わるとさっと店頭から姿を消してしまい、毎年鎌倉でいただいていたそのお菓子を奈良ではまだ食べてはおりません。来年は是非にと思っています。

お茶を習っていると、自然と美味しい和菓子に敏感になります。花鳥風月、季節を連想させる自然のモチーフを色や形で表現してつくられたきんとんや練り切りは主菓子《おもがし》と呼ばれます。「ぬれつばめ」「石清水」「錦秋《きんしゅう》」「初木枯らし」など日本の季節の移りかわる様子や、能の「羽衣《はごろも》」や「桜川」や「末摘花《すえつむはな》」「花散里《はなちるさと》」など源氏物語に材をとったもの、なるほどぴったり、というような銘がつけられていて、想像力がかきたてられます。

若い頃は、和三盆糖のような干菓子は物足りないような気持ちになりましたが、この頃は疲れた時に、お茶うけにいただくと、優しいさりげない味にほっとします。

茶席でひょうたん形の七味入れのような「振り出し」に入れて出される金平糖も、子どもの頃に食べたものとはなんだかちょっと違います。もともとは、南蛮貿易が始まった一五五〇年代にポルトガルから伝わったもので、たくさんの異国の品々の中でも、ひときわ美しく人々の目を惹いたお菓子だったそうです。以前テレビ番組で見たことがありますが、大きな釜にお米よりも細かい小さな餅米をくだいたものを入れ、がらがら回転させてグラニュー糖を振りかけながら乾燥、この工程を何週間も繰り返していくうちに、星形の愛らしい金平糖が出来上がるのです。奈良にも江戸時代から続く歴史の古い砂糖の専門店で金平糖が売られています。黒糖やブルーベリーや柿の葉、大和茶や甘酒の味など奈良らしく、仏像や若草山の絵が描かれた小箱に入って売られています。

和菓子屋さんのお菓子ではなくても、意外に抹茶に合うものがあります。一度ドバイのお土産のデーツというなつめやしのお菓子をいただいたことがあります。ドライフルーツですがとろりとやわらかくて、チョコをかけたものやナッツやオレンジピールが入ったものもおいしかったですが、実だけのものは抹茶によく合いました。

旅先で、手作りの干し柿やめずらしい木の実で作ったお餅、外国ならチョコレートや砂糖菓子など探したりすることがあります。基本的に和菓子は砂糖と小豆などの豆類を中心にし、米、麦、芋、栗など穀物と果物で作られます。おいしくて美しいだけではなくて、抹茶をひきたてる味と触感は、日本人の繊細な感性が生み出したもの。自然と歴史が生み出した物語のあるお菓子が、日本各地に残され伝えられています。

大和郡山市には、一五八五年創業の古い和菓子屋さんがあります。大和郡山城での茶会で、豊臣秀吉が気にいった餡入りの餅にきなこをまぶしたお菓子が有名ですが、大和橘を使った淡く透き通るような黄色の錦玉羹《きんぎょくかん》があります。橘の花と実をかたどった小さなお菓子は、見た目にも愛らしく、ほのかな橘の香りがします。

橘の実

十年ほど前に、伊勢の答志島《とうしじま》の橘の実をいただき初めて食べてみました。実は小さくて金柑くらいですが、ふんわりとして柔らかく優しい甘さです。食べたあとの種を植えた木を大切に育てました。大きな木にはなりませんでしたが、去年、白い花が十三個も咲きました。白い小さな風船のような蕾が、枝と葉の間に顔を出しているのを見つけた時には、「わーっ」と声を出して喜びましたが、季節外れの台風のせいで、花が落ちてしまい実はなりませんでした。日本の柑橘類の原種は、橘とシークワーサーだけだそうです。古事記の中巻、垂仁《すいにん》天皇の項には、不老長寿の実を探しに行った多遅麻毛理《たぢまもり》のお話が出てきます。橘は、「ときじくのかくのこのみ」と言います。

たぢまもりを　とこよのくにに　つかはして
ときじくのかくのこのみを　もとめしめたまひき

「たぢまもり」は但馬の守、但馬の豪族だということ。「タチバナ」は但馬の花ということと、立つ花、これは匂い立つ花という意味、また立つという言葉は神々を「柱《はしら》」と数えるように天と地を結ぶ柱、神さまの依り代のような意味合いが込められているように思います。万葉集の聖武天皇の歌に、

橘は実さへ花さへその葉さへ枝《え》に霜降れどいや常葉《とこは》の樹

というのがありますが、橘は、実も花も葉っぱさえも、霜が降りたとしても、常にいきいきとした常盤木《ときわぎ》で縁起のいいものだという気持ちを詠ったものです。冬になっても枯れずに葉は緑色のまま、真珠の玉のようなつぼみ、開いた白い花は清らかで控えめな美しさ、そして、香り高い実は、いにしえより佳きことや長寿をもたらし、邪気を祓う植物として扱われてきたのです。

常世の国から持ってきたこの橘の実は、お菓子の起源とも言われていますが、この実を食べると永遠の命が授かるという伝説に彩られ、「ときじくのかくのこのみ」という名前の響きも不思議です。

古事記の原文は「登岐士玖能迦玖能木実」、日本書紀は「非時香菓」と記されています。どちらにしても、「かく」は香しいという意味と、輝かしいという意味が感じられます。時を超えて香しく、いつまでも輝かしいこの愛らしい橘の実は、万葉集や古今和歌集にも数多く登場しています。

橘のにほへる香かもほととぎすなく夜の雨に映ろひぬらむ

万葉集の大伴家持の歌ですが、匂い立つ橘の香りは、ほととぎすの鳴く夜の雨にまぎれて消え失せてしまうのかなあ、という気持ちが、鮮やかに響く鳥の鳴き声、雨の音、湿った夜の空気に広がる柑橘系の香りとともに、今のわたしの五感に働きかけるように直に伝わります。花開く時季を同じくして鳴く鳥ということで、梅にはうぐいす、橘はほととぎすと対になって詠まれますが、ほととぎすは夜鳴く鳥として、ほととぎすのその年のはじめての鳴き声を聞くために、夜を徹して待つ話が古典の中に出てきます。この歌もそんな時の歌なのかもしれません。その年はじめてという縁起のいい鳴き声を、わくわくして待ちながら、橘の香りにふっと思いを寄せる昔の人の感性の細やかさが浮かびます。

先日、三十年ぶりに学生時代に住んでいた場所に訪れた時に、その街で一番おいしいと評判だったケーキ屋さんのチーズケーキの匂いがふわっと蘇ってきたことがあります。チーズケーキが世の中に流行り始めた頃の、夢のように甘く香しい特徴的なその匂いを鮮明に思い出したことによって、忘れていた当時のさまざまなでき事が、つぎつぎに引き出されました。「非時《ときじく》」とは季節に限らずいつでもという意味で、そのあとに「香く」という言葉が続きますが、嗅覚は、いつでもどこでも時を超えて、人々の記憶を引き出す力を持っているのだと思います。

五月待つ花橘の香をかげば昔の人の袖の香ぞする

古今和歌集にある詠み人知らずのこの歌もまた、橘の香りを嗅いだことによって、恋人の袖に焚《た》き染《し》められていた香《こう》の匂いを思い出すというもの、なんともロマンチックですが、橘は花を楽しみまた、実となっては、食すだけではなくて、乾燥した実を袋につめて持ち歩いたり、紐に通して腕輪として使ったようです。

乾燥した実と言えば、イギリスに住んでいた時に、クリスマスが近づくと、街のあちこちにオレンジポマンダーが下げられているのをみかけました。習っていたフラワーアレンジメントの教室で作ったこともありましたが、乾燥させたオレンジに香辛料であるクローブを刺した独特の香は、魔除けや、殺菌、病気除けのために昔から生活の知恵として使われていたそうです。乾燥した橘の実の腕輪もまた、そういった御守りだったのでしょう。冬至の時に風邪をひかないようにと入る柚子湯もありますが、洋の東西を問わず、香りの文化は生活を潤すために、古くからの言い伝えや習慣と共に、今の人にも浸透しています。

また、古事記の話の中、十年の歳月をかけて「ときじくのかくのこのみ」を持ち帰った時に、すでに崩御《ほうぎょ》されていた垂仁天皇のお墓に多遅麻毛理はその実をお供えします。その持ってきた橘の実は「かげやかげ　ほこやほこ」という表現が使われていますが、なんどか繰り返されるその言葉もちょっと呪文めいていますが、これは「実のついた枝、実のつかない枝」という意味ですが、縄に下げて輪にしたものと木の串にさしたものという説もあり、干し柿などに見られる伝統的な干し方の姿のようです。

垂仁天皇の御陵のある尼ヶ辻は、近鉄橿原線の薬師寺がある西ノ京の隣の駅です。こんもりと生い茂った木々の緑の間にシラサギやアオサギが巣を作っているのか、その姿が優雅に見え隠れしています。数年前に訪れた時、駅の近くの畑に、たくさんの橘の小さな苗木が育てられているのを発見し、とても嬉しい気持ちになりました。奈良に引越ししてから知り合いになった城健治さんという方が、大和橘を植樹する活動を熱心にしており、その小さな苗木も植えたということがわかりました。奈良のお寺や神社、橘街道と呼ばれる古代の道にも植樹しているそうです。

育て始めて十年目にしてはじめて花をつけた橘は、季節外れの台風のせいで実にはなりませんでしたが、鎌倉から、奈良の家の庭に植え替えました。尼ヶ辻の畑の橘とともに、いつか小さな愛らしい実をつけたその橘の木が、どんな香りを運んでくれるのか、そしてその香りが、古代からの記憶をちょっとだけでも思い出させてくれるのではないかと、今から楽しみに待っています。

夏

ささゆりの野原

卯月《うづき》は植月《うえつき》、植える月の意味で田植えが始まる季節です。新暦と旧暦では一か月ちょっとずれがあり、卯月というと四月の和名ですが、旧暦の卯月は、新暦では四月下旬から六月の上旬です。卯月の名前の由来のひとつに卯の花の咲く時期ということがありますが奈良に暮らす家の庭には、塀に沿うように卯の花が咲いています。白い卯の花は邪気を家の中に入れないように結界として、垣根に植わっていることが多かったようです。日本には自然の様子に因んだ月の和名がたくさんあり、季節の移りかわりを感じとりながら暮らしていたことを思わせます。

この頃、旧暦や和暦（旧暦以前の日本の自然暦）、二十四節気《にじゅうしせっき》七十二候《しちじゅうにこう》を記した暦も出るようになり、わたし自身も、自然のリズムに合った暮らしを大切にしたいと思うようになりました。七十二候の言葉は、自然の様子を身近に感じられるものが多く、この時期は「竹の子生じる」「蚕《かいこ》起きて桑を食《は》む」「腐れたる草蛍となる」など具体的です。先日、ご近所さんに「近くの川で蛍が見られるよ」と教えていただきました。また、竹の子は、竹林の多いこのあたりでは、少し前からおすそ分けでいただいたり、街角の無人の販売所に置いてあったりして、今年は随分と竹の子料理を作りました。

六月半ば過ぎ、高取の谷口さんから連絡が入りました。「大神神社《おおみわじんじゃ》のささゆりが今、見頃です。今日は雨降りでしたがとても美しくて楚々と咲いていました、早く見に行かないと花が終わっちゃいますよ」という言葉と綺麗なささゆりの写真がメールに添えられており、実物を見たくてたまらなくなり、大神神社に向かいました。

大神神社には大物主神《おおものぬしのかみ》が祀られており三輪山がご神体です。古事記の出雲のお話の中で、大国《おおくに》主神《ぬしのかみ》と心を合わせて国作りを行った少彦名神《すくなひこなのかみ》が粟の穂に乗って常世《とこよ》の国に帰ってしまった後に登場する神様が大物主神です。海辺で「この先、ひとりでどのようにして国作りを進めていったらいいのだろう」と嘆いている大国主神の前に沖の方からやってきた大物主神が、「ともに国作りを成し遂げるために、わたしを大和の東にある御諸山《みもろやま》に祀りなさい」と言います。御諸山は奈良の三輪山のこと、大国主神は大物主神を大切におまつりして、国を豊かに治めていったのです。

桜井市にある大神神社の参道に着いたのは、もう夕方四時を過ぎていましたので、見学できるささゆり園は閉まっておりました。係の方が、「久延彦《くえひこ》神社のほうに行くと、咲いているささゆりが見られますよ」と教えてくださったので急いで行ってみました。そこは、木々に囲まれ鬱蒼とした空気が漂っていますが、ささゆりを大切に守るために手入れが施され、生い茂る緑の中に薄桃色の花が点々と散らばって咲いていていました。

古事記の中に、七人の乙女の中から神武天皇が見初めた姫君のお話が出てきます。大物主神の娘、伊須気余理比売《いすけよりひめ》です。狭井河《さいがわ》のほとりに住む姫君の家に神武天皇がお訪ねになり、そこで一夜の契りを結ばれるというロマンチックなお話なのですが、狭井河の名前の由来について、

やまゆりぐさ　おほかりき。（中略）やまゆりぐさのもとのな　さゐといひき

とありますので、狭井河のほとりは、古代からささゆりが咲いていた場所なのでしょう。野原には薄桃色のささゆりと一緒に、ちょうど同じくらいの大きさで、まるで双子のように仲良さそうに並んで、蜜柑色のひめゆりも咲いていました。

万葉歌人として有名な大伴坂《おおとものさかのうえのいらつめ》上郎女の歌に、恋する相手に思いを知ってもらえない気持ちをつぶやくような初々しい片思いの歌があります。

夏の野の繁みに咲ける姫百合の知らえぬ恋は苦しきものそ

太古の空気に包まれたうすぼんやりとした野原で静かに万葉集の歌を朗唱しました。秘密の場所にひっそりと咲いているようなひめゆりに、人には言えない恋心をたくした女性の姿が浮かんでくるようでした。

三輪山のささゆりが束になってご神殿に捧げられるお祭りがあります。奈良市内の率川神社《いさがわじんじゃ》で

行われている三枝祭《さいくさのまつり》、別名ゆりまつりです。七媛女《ななおとめ》・ゆり姫・稚児の行列が街中を巡幸するお祭り。天武天皇、持統天皇の意思を受け継いだ文武天皇が、大宝元（七〇一）年に制定した「大宝律令」にも載せられていて、国家の祭祀、はやり病を鎮める花祭りとして執り行われていた由緒あるお祭りです。

令和元年のお祭りの日は、六月にしては真夏のように暑く、酒樽に飾られたささゆりが萎れてしまうのではないかと心配するほどでしたが、お祭りの主役として最後まで見事に美しく咲き誇っていたささゆりは、自分の役割を知っているような強い花に見えました。

お能の友

毎年五月に、春日大社の舞殿《まいでん》と若宮拝舎《わかみやはいのや》、興福寺の南大門跡で薪御能《たきぎおのう》が行われ、二日間に金春《こんぱる》流、金剛《こんごう》流、観世《かんぜ》流、宝生《ほうしょう》流の能楽四座の演能を、自然の景色の中でいっぺんに観ることができます。奈良に暮らす前から、薪御能を観たいと思っていました。春日大社の御祭神の御前での「咒師《しゅし》走《はし》りの儀」と呼ばれる「翁《おきな》」、興福寺衆徒《しゅうと》によって、舞台となる芝の湿り具合を確かめる「舞台あらため」という儀式にも、寺社で行われるようになった薪能の源流を感じて、興味深く思っていました。

「翁」は数ある演目の中でも「能にして能にあらず」と言われるような特別なもの、白洲正子が戦後、書き下ろした「梅若実聞書」の中に「翁」について「この能を舞います時は、一週間前より別火《べっか》と言いまして、飯を炊くのでもお菜をつくるのでも、皆自分でいたします。ひと間に閉じこもって精進潔斎をし、女の手は一切借りません。」と書かれています。また、「翁」に間違いがあると大変不吉なことなので、とにかくうまくやろうなどとは思わず、ただ滞りなくつとまるようにと念じるだけ、というほど。「翁」の謡曲本のはじめにも、「翁は能楽の根源であり、天下泰平、国土安穏を祈禱するもので、演舞というよりもむしろ祭式と言うべきである」と書かれていて、演じる方も特別でしょうが、観る方もまた、神聖な気持ちになります。

「とうとうたらり　たらりら。たらりあがりららりとう」と一度聞いたら忘れられないような謡い始めの声は、笛や太鼓の擬声《ぎせい》であるという説や祝言《しゅうげん》の歌であるという説もありますが、わたしには神様に出合うための呪文か合図のように聞こえてきます。面《おもて》をつけない直面《ひためん》で現れた翁は、舞台上で面をつけます。面箱の中から取り出された面を付けた瞬間に、翁の顔と中の人間が一体化して、神様の舞姿を観ているような気になってしまうのです。

薪御能の一日目は雨でしたが、二日目は雨が上がり晴れ間が広がりました。若宮拝舎で行われた金春流の演目は「玉葛《たまかずら》」。源氏物語の中に登場する玉葛は、幼い頃に死に別れた夕顔が母親ということで、親子ともども美しくはかなげです。十一面観音がご本尊の長谷寺に立つ「二本杉」のところで、夕顔の侍女だった右近と奇跡的な再会をします。能ではその長谷寺の側を流れる初瀬川を船で渡るという設定ですが、木立を背景にしつらえた橋掛かりに、浮いているかのように静かに現れ出た玉葛のあまりの美しさに息を呑みました。と同時に、千年も昔の人が今ここにあらわれたのではないかと思いました。

拝舎では社殿を背にして「四方正面」で行われ、つまり演者は三方向から見られる形になります。わたしが座っている御廊《おろう》の席からは一、二メートルほどしか離れていません。若宮の朱塗りの社殿の奥には、春日山に生い茂る草木が雨上がりの湿った空気の中に香りたち、時折鹿が姿を見せて、鳥の鳴き声も聞こえてきます。いつもは舞台上に集中する感覚が、外に向かって開かれていき、自然の中で繰り広げられる能の世界に自分自身も入り込んでいるような気持ちになりました。

もともと春日大社は能と深い関係があります。能舞台の鏡板《かがみいた》の松の木は、春日大社参道の一之鳥居をくぐってすぐ右側にある「影向《ようごう》の松」を見立てたものですし、室町時代、芸術としての能の形、精神を完成させた世阿弥も春日明神への崇敬の深さを謡《うたい》の中でも表しており「春日龍神」「采女《うねめ》」など、春日大社にまつわる演目も創作しています。「春日龍神」は、京都栂尾《とがのお》に住む明恵上人がお釈迦様の御遺跡を天竺に訪ねようとして、日頃信心している春日明神にいとま乞いに伺います。その時に出会った老人が、三笠山（現御蓋山）に釈迦誕生から入滅を再現して見せ龍神が姿を現すと、明恵上人が天竺に渡るのを思いとどまったという話です。

京都の栂尾にある高山寺は鳥獣戯画で有名ですが、長く住職を務めていた明恵上人は清らかで信仰心が篤く、厳しい修行をされて十九歳から四十年にもわたって夢の記録を書き続けていたのですから、夢の中のことがそのまま現実になるような神秘的な体験もされていた方なのかもしれません。仏教と龍神信仰のとりあわせ、明恵上人と龍神や龍女の登場というのは、当時の人たちにとってかなりスペクタクルな演目だったに違いありません。実際に観たことがありますが、最後に登場する龍神の龍をかたどった被り物や小道具なども、単純にわかりやすく視覚的に印象深いものでした。

お能を初めて観に行ったのは舞踊教育学科に通う学生時代です。能の授業もあり、世阿弥が書いた「風姿花伝」を原文で読み「秘すれば花なり　秘せずば花なるべからず」や「時分の花」「初心」などの言葉の意味の深さや美しさに心を動かされ、芸道の奥義のみならず女性としての生き方に重ねるような思いもあったような気がします。

「風姿花伝」を熱心に読んだ記憶も鮮明ですが、初めて能を観に行った時のこともまた、よく覚えています。研究室の教授と、他学科の教授と三人で行ったのですが、先生たちは仕舞を習い、能についての知識、演目も能楽師についてもかなり詳しくご存知でした。わたしは、とにかくよくはわからないけれど何か惹かれるものがあり、誘いがあれば必ず行く、先生が行けない時には、チケットをいただいて替わりに行くという感じで、けっこう頻繁に観に行きました。

日常から離れた雰囲気は特別な感じがしましたが、能楽堂の中はちょうどよい温度に保たれていましたので、上演中に心地よい眠りに誘われてしまうこともたびたびありました。寝ていても覚めていても、見終わって能楽堂を出る時には満足感があり、それはきっと頭で理解するのではなく、体で感じた満足感だったような気がします。

観ただけではよくわからない、本を読んでも実際には理解できていない能の世界、舞台の上に表れているものの向こう側にあるものはいったいなんなのだろうかと思いを巡らせていたような気もします。橋掛かりを歩く能楽師のわずかに上げる足先の動きや、装束の美しい細やかな刺繡に費やされた時間や、地謡の声、笛や太鼓の音から伝わるその人の癖のようなもの、音を鳴らす直前の腕や指、からだの緊張感、面の後ろにある顔の表情を想像したりしながら、言葉では説明できないような些細な部分にも魅力を感じていたような気もします。

それから二十年以上経ち、また能楽堂に通うようになったのは二〇〇九年頃から。お能を一緒に観に行く友人ができたのです。その前の年に天河大辨財天社に「阿古父尉《あこぶじょう》」の面を見に行ったことがきっかけでした。十年前からお能にめざめて観るようになり、忙しい仕事の合間を縫って三百番は観たと言うその方が、ある時電話で「白洲正子が究極の面と評した阿古父尉が天川にあると聞いたのですが、もしできたら神社に聞いてほしい」というのです。天河神社には何度か訪れ、全く面識がないわけではなかった宮司さんに思い切って電話をかけ、その旨を話したところ、「すぐに神社に来てください」と言うので驚きました。後で伺ったのですが、わたしが電話をかけた日が、世阿弥の息子である観世十郎元雅《かんぜじゅうろうもとまさ》が天川に訪れ、自身で作った面で「唐船《とうせん》」を舞い奉納されたと言われる日だったとのこと、これは何かの縁だと感じたと宮司さんが呼んでくださり宝物殿の中にある元雅が奉納した面の数々を見せていただきました。若くして亡くなられた元雅作の面は、痩せて苦し気な表情に見えましたが、じっと眺めていると、その顔がわずかに微笑んで涙を流すようにも見えてきて、胸に迫りました。

阿古父尉の面がきっかけでお能を一緒に観る友人ができました。それまでは、観たいものがあったら、ひとりで行ってさっと観てさっと帰るほうがいいと思っていましたが、その友人とは気を使わずに観終わったあとに、たいした感想を言い合うこともなく、すっと別れることができる。観たいものについて話すと、すぐにその気持ちを理解してくれる。今は奈良と東京と離れてしまいましたが、それでも、春日大社、興福寺の薪御能も終わったあとに電話で報告し、来年は是非とも一緒に、観ようと約束しました。

その友人に以前、「日本一の真夏の薪能を観に行こう」と誘われたことがあります。山梨の小淵沢にある身曾岐《みそぎ》神社で毎年行われている八ヶ岳薪能です。赤松林に囲まれて、能舞台は池の中に浮かぶように建っています。漆黒の闇の中で篝火《かがりび》が灯されて真赤に燃えた炎は、水鏡に相似形に浮かび上がって、最前列の席から見えた能舞台は幻想そのもの。演目は「葵上」でしたが、鬼女の面をつけて現れた六条御息所の生霊は、まさにこの世のものとは思えない迫力でした。

能には古事記にちなんだ演目もあります。平成二十四（二〇一二）年は古事記編纂千三百年の年でしたので、さまざまな企画や展覧会が各地で行われておりましたが、東京でもその年の十月、国立能楽堂で『古事記』ゆかりの作品ばかりを集めた能の公演が行われました。国造り神話を語る老人が実は伊邪那岐命《いざなきのみこと》だったという「淡路」、出雲大社に集まった八百万の神々が五穀豊穣を祈る「大社《おおやしろ》」、継体《けいたい》天皇と照日《てるひ》の前《まえ》との花籠をめぐる恋と再会、古代王朝を描いた「花筐《はながたみ》」、大和三輪山の神杉のもとで女神が、大物主神と乙女の結婚の話を語り、天岩戸の神楽を舞う「三輪」。古事記に材をとり月間特集を組んだ公演、古事記だけの演目をまとめて見る機会は古事記の記念の年でなければなかなかないものです。

「三輪」は靖国神社の夜桜能で観たことがありました。席はちょうど満開の桜の木の下でしたが、夕暮れ時に靖国神社の会場に入り、火入れ式が終わるころにはすっかり暗くなって頭の上の桜の花は、空一面に薄明かりが灯されたように光って見えました。「三輪」の舞台は奈良県桜井市の大神神社、女神が待つ大杉は今も健在で、ワキの高僧、玄賓僧都《げんぴんそうず》の庵跡も残されています。

水無月とかき氷

六月になって和菓子屋さんに「水無月《みなづき》」が並び始めました。「夏越の祓《なごしのはらえ》」の時に食べて厄を落とす習慣は京都から始まったそうですが、神社で茅《ち》の輪をくぐり、大祓詞を詠み唱える「夏越の祓」はもともと旧暦六月に行われていました。水無月の最後の日は新暦では八月にあたりますから、猛暑の中で行われるお祭りです。

和菓子の「水無月」は、氷をあらわして涼をさそう厄除けの縁起もの。ういろうの地に煮小豆を敷き詰めるように載せて三角に切ったお菓子、白いういろうは氷をあらわし、小豆の赤い色が邪を祓うとされました。ただ「水無月」は、「夏越の祓」を境に和菓子屋さんからも姿を消してしまうので、うっかりすると食べずに季節が過ぎてしまいます。今年ははじめて奈良の「水無月」を、また京都のものも先日行った折に買い求めていただきました。

「禊・祓」という言葉は、心身を浄めて穢れを取り除くということですが、古事記の中では、黄《よ》泉《み》の国のお話の最後に出てきます。

火の神を生んだことで大火傷を負い、黄泉の国に行ってしまった伊邪那美命《いざなみのみこと》。あきらめきれずに追いかける伊邪那岐命《いざなきのみこと》は、雷《いかづち》の神をしたがえてすでに黄泉の国の住人となった妻の醜い姿を見てしまったために、逃げ出してしまうのです。愛する人に恥をかかせられたことに怒る伊邪那美命は、伊邪那岐命を追いかけ、最後は黄泉の国の境にある大きな千引岩《ちびきいわ》をはさんで、互いに別れの言葉を言い交すのです。

そして、帰り戻った伊邪那岐命は黄泉の国の穢れを祓うために、筑紫の日向《ひむか》の橘の小門《おど》の阿波《あわ》岐原《ぎはら》で禊を行いました。海水に身を沈めて禊を行ったことによって、さまざまな神様が生まれましたが、最後に、左の目を洗った時に日の神、天照大御神《あまてらすおおみかみ》、右の目を洗うと月読命《つくよみのみこと》、鼻を洗うと須佐之男命《すさのおのみこと》が生まれました。

古代の禊は、朝早く太陽の昇る時に海に入って行ったそうですが、お水と塩は、体の表面だけでなく内側を浄化してくれる力を持ちます。空気の澄んだ朝早くであればなおのことすっきりと清らかになりそうです。お葬式から戻り家に入る時に塩を振って浄めるのは、海水で禊をする名残です。

「水無月」と同じように氷に見立てたお菓子に「氷室」という琥珀羹があります。京都の八坂神社の近くにある小さな和菓子屋さんのものですが、以前、祇園のお茶屋さんに連れて行っていただいた時に、芸者さんが出してくださったお菓子が「おおきに」と「京氷室」。あまりにかわいいので、お店の名前を聞いて買いに行ったことがあります。店頭に「京氷室」はなく、白とピンクと薄緑と茶の四色の角砂糖のような形の「おおきに」を買って帰りましたが、箱の中に入っていた紙に、「おおきに」の言葉の説明が書かれていました。「おおきに」は「大貴仁」という字があてられ、相手を尊敬するという意味合いの言葉が、徐々にお礼をあらわす言葉に変わっていったそうです。

氷に見立てた「京氷室」は夏だけ限定のお菓子だそうですが、「氷室」とは、冬にできた天然の氷を夏まで蓄えておく貯蔵庫のことです。京都も奈良も盆地なので、夏は暑く、冬は芯から底冷えするような寒さになります。昼間は暖かくても、夜になって冷え込むと、次の朝、奈良市内でも車の窓にびっしりと霜が降りて凍ったような状態になります。山の奥に行くとさらに寒くなりますし、また山の水は美味しいので、夏まで解けない上質の氷ができたのでしょう。古事記が出来上がった頃、元明天皇の時代には、平城京に献氷する制度がはじまり、各地の氷室から氷が運ばれたとのこと、吉城川上流の春日奥山にあった氷室に氷の神様が祀られて祭祀を行ったのが、氷室神社のはじまりです。

平安時代、清少納言が書いた枕草子には、糖蜜のような「あまづら」を削り氷にかけて金属製の器に入れて食べるのが「あてなるもの」、つまり雅びで上品であるというのが出てきますが、古事記の中に、氷を食べる場面はありません。ただ、出雲のお話、稲佐の浜で国譲りを迫り、大《おお》国主神《くにぬしのかみ》、事代主神《ことしろぬしのかみ》を屈服させた建御雷神《たけみかづちのかみ》に、事代主神の息子である建御名方神《たけみなかたのかみ》が力比べを挑み手を握ったところ、建御雷神の手が「立氷《たちび》」に変わったという場面があります。「立氷」とは氷柱《つらら》で、切れ味の鋭い刀は氷にたとえられましたので、その鋭さにおじけづいた建御名方神は逃げ出してしまうのです。建御雷神は、春日大社の第一殿の神様、白い鹿に乗って鹿島から御蓋山の頂上に降り立たれた武甕槌命《たけみかづちのみこと》のことです。

今、近鉄奈良駅から歩いて行けるかき氷屋さんは、三十軒以上はあり、全国から、かき氷好きの若い人たちが集まって、行列するほど人気があります。奈良の氷の歴史は千三百年前から現代まで続いています。

三輪素麺

七月のはじめに、奈良でも古い歴史のある老舗の料亭で、お昼を食べる機会がありました。創業が明治時代の格式ある建物をぐるりと土塀が囲み、立派な門構えです。中に入ると、玄関で大きな七夕さまの飾りが迎えてくれました。濃い藍色の天の川に銀色の星をあしらった薄物の夏の着物が衣桁《いこう》に掛けられており、色とりどりの短冊がさげられた笹竹は天井に届くほどです。美しいしつらえにハッと息を飲むほどでした。

昔は季節の節目とされたハレの日と呼ばれる特別な日がありました。七草粥をいただく一月七日の「人日《じんじつ》」、お雛様を飾る三月三日の「上巳《じょうし》」、鯉のぼりを立てる五月五日の「端午《たんご》」、笹竹に短冊をさげる「七夕《しちせき》」、菊酒をいただく「重陽《ちょうよう》」の五節供など。いずれの日も、昔の人は、季節の花や草木を飾り、その頃に採れる食べ物や飲み物をいただき、健康や長寿を願い、普段の日とは違う過ごし方をしました。

もともとは中国から伝わってきた習慣が、日本らしく変化しながら伝統行事となり、その土地の風土に合わせたやり方が残ってきたのだと思いますが、七夕さまといえば素麺がつきもの。今でも神社で七夕節供《しちせきせっく》に、素麺をお供えするところもあるそうです。お供えの仕方もちょっと変わっていると聞きますので、いつか拝見する機会があるといいなと思っています。

「三輪素麵は奈良の人間にとっては誇りです」という記述を読んだことがあります。素麵作りで有名な桜井市には小麦畑があります。陽を浴びて風にたなびく麦の穂を見た時にその言葉を思い出しました。紛れもなくこの土地で育った小麦を使い、その歴史はとても古いのです。お菓子の名で「麦縄《むぎなわ》」というのがありますが、これは、正倉院の古文書にある素麵の起源。正倉院ということは聖武天皇の時代ですが、神武天皇の頃にはもう伝えられていたとも言われています。奈良時代に遣唐使が中国から伝えたという説もあり、昔、飢饉があった時に、大和盆地の小麦で素麵を作る方法を神様が教えてくれたという伝説もあります。大神神社の神様、大物主神の命令で神主になった意富多多泥古命《おおたたねこのみこと》の十二代後の子孫が、はじめて素麵を作ったということで、大神神社が素麵発祥の地とされています。

意富多多泥古命は、古事記の崇神《すじん》天皇の段に登場します。国中に疫病が流行り、人々が死に尽きてしまうのではないかという時、祈禱を続けていた崇神天皇の夢に大物主神があらわれて「意富多多泥古にわたしをしっかりと祀らせれば、疫病はおさまり国が安定します」と仰いました。そこで四方八方手を尽くして探したところ、河内にいることがわかり、訪ねて話してみると、その意富多多泥古は、大物主神と活玉依毘売《いくたまよりびめ》の子孫であるとのこと。そこで、大物主神の言われる通り、神主になっていただき、三輪山の大物主神を厳粛にお祀りして、国が安定して平和になったというお話です。

素麺は暑い時期に食べたくなるもの、素麺流しなどは、涼やかな夏の風物詩ですが、素麺づくりは真冬の冷え込みの厳しい一月二月に行われ、「はた」と呼ばれる寒晒しの真っ白な素麺が冬の三輪の風物詩だったと言います。昔、三輪山の麓では、粉挽き水車が川のそばにたくさんあり、挽いた小麦粉に塩を加えて、三輪山から流れてくるご神水で練って、細く延ばして素麺をつくっていたそうです。寒晒しを行うところは少なくなったと言いますが、冬になったら晴れ渡った寒空に揺れる真っ白な素麺の「はた」を一度見てみたいと思います。

以前は、素麺は夏場のものという感じでしたが、奈良に来てからは季節を問わず、冷たいつけ汁で食べたり温麺にしたり食卓での出番が多くなりました。市場やスーパーでも素麺売り場は充実していて、極細や植物で色をつけた五色の麵、奈良産のゴマがねりこんであるものなど種類も豊富、つい買ってみたくなります。ゆで時間を短めに固めにするとつるつるとのど越しがなめらか、ゆでて水洗いした後は水につけたままにせず、ザルで切っておいたほうが延びません。素麺の上に刻んだオクラとミョウガ、豆腐をのせて温かいお汁をかけ、梅干しやレモンなど、ちょっと酸味を加えてもさっぱりと美味しいです。香菜やハーブにトマト、刻んだナッツの入ったエジプト塩をかけていただくのは夏場にぴったり。お椀に直接お味噌を入れ、お湯で溶いた中に素麺を入れて鰹節を載せる簡単生味噌温麺も時々食べますが、これもシンプルでなかなかの味。奈良は手作りの味噌や醬油、豆腐、梅干し、こんにゃくもそれぞれ個性があります。

平飼いの卵や原木椎茸もよくみかけますし、野菜も大和マナや大和きくな、白菜《しろな》などあっさりとしているのですが、茹でるだけでもけっこう存在感のある食べごたえです。柿の葉すしも温麺には合いますが、手作りこんにゃくの田楽も、椎茸のバター炒めも卵焼きも、もちろん大和野菜のおひたしもよく合いますので、好きな器を使って並べると、彩り豊かなちょっとしたご馳走です。奈良盆地の自然の恵みで育った大和牛とか、大和地鳥、大和ポークは素麺に添えるものとしては格別に美味しいです。

素麺は主役でありながら、どんな添え物もひきたたせてしまうのです。

蘇《そ》

高取町に、牛乳で作ったお酒があると聞きましたが、まだ飲んだことはありません。いったいどんな味がするのでしょうか。シルクロードの国々には乳を発酵させて作ったお酒があり、奈良はその東の終着点ですから、高取の酒屋さんが製造を思い立つことも不思議ではありませんし、知人の一番好きなカクテルはコーヒーリキュールを牛乳で割ったカルーアミルクだということですので、そういうものがあってもおかしくはないのかもしれません。ただ和朝食がご飯とお味噌汁なら洋朝食はパンとミルク、牛乳は日本古来のものという感じがしませんが、お米を食べていた古代人は牛乳も飲んでいたのです。牛乳を飲む習慣は仏教伝来の頃に根付いたといわれています。

奈良のホテルの日本料理屋さんで牛乳を煮詰めて作った、ちょっと甘いチーズのような蘇というものを食べたことがあります。蘇もまた、シルクロードを通って奈良に伝わったものだそうですが、平城京の宮中で食されたということも文献にあり、蘇という言葉の意味が「よみがえり」をあらわすことからもうかがえますが、栄養価が高く、病気に効く高価な食べ物、不老長寿の美容食としても珍重されていたと思われます。考古学者の先生が、天香久山近くの牧場に依頼して研究を重ねて復元されたという工房でその製法を尋ねましたら、搾りたての生乳をただただ煮詰める、半日ほどかけてじっくりかき混ぜながら弱火で煮詰めると、白い牛乳が、水分が蒸発して茶色になり一晩置くと固まるのだそうです。

見た目はチーズですが、嚙むとザクザクとした歯触りです。生乳に乳糖が含まれているので、思ったよりも甘くてお菓子のようでもありますが、甘いメロンに生ハムが合うことを思い出し、蘇を生ハムで巻いてみると、お酒のおつまみにもなりそうです。

酢と牛乳を混ぜるとカッテージチーズができますので、蘇と酢を混ぜてみました。カッテージチーズのような形状にはなりませんでしたが、酢の中で蘇はポロポロとくだけて溶けますので、よく混ぜてオリーブオイルを入れると食べやすいさっぱりとしたサラダのドレッシングになりました。また蘇と醬油を混ぜたものを、お餅を焼きながら塗り付けていきますと、香ばしくてとても美味しい焼餅になります。蘇ハチミツは、ピーナッツバターのようにパンによく合います。

酪農の盛んな北海道十勝の出身ですが、実は全く牛乳が飲めません、子どもの頃、朝ごはんの前に近くの牧場に搾りたての牛乳をもらいに行っていたことがあります。大きな牛は近くで見ると、けっこう怖くて、ちょっと離れたところで待っていたのですが、それでも牛舎の中の牛糞とミルクの混じったような匂いは強烈で、牛乳嫌いになったのはそのせいかもしれません。

五十年経った今でも牛の顔とその匂いが一緒になってよみがえってくるのですから、匂いの記憶ってほんとにすごい。

牧場から持ってかえった搾りたての牛の乳は、殺菌のため鍋に入れて沸かしてから、熱くして飲んでいました。明治生まれの祖父はその熱々の牛乳にご飯を入れてお茶漬けのようにさらさらと食べるのが好きでしたが、そのおかげで、いつも元気だと言っていました。

牛乳はカルシウムばかりではなく、脂質や炭水化物やタンパク質、ミネラルやビタミンもバランスよく含まれている栄養の宝庫。その牛乳を保存できるように、煮詰めて水分を取り除いた蘇のかたまりは八十グラムの小さなもので、しっかりとしたきれいな小箱に入っています。それは、四十リットルから七十個しかできない、まさしく宝もの。蘇はただただ煮詰めるとできると聞きましたが、復元には大変な苦労もあったとのことです。自宅の冷蔵庫の中にある蘇の小さな小箱を見るたびに、煮詰めるだけではない特別な万葉人の知恵が、何かきっと隠されているに違いないと思っています。

秋

中秋の名月

萩の花尾花葛花なでしこが花をみなえしまた藤袴朝顔の花

これは、万葉集巻八に収められている山上憶良《やまのうえのおくら》の秋野の花を詠んだ歌です。「萩」は枝に細やかに蕾が付いて、開くと濃い紅紫色の花。「尾花」はススキのこと、「葛花」は赤紫色の濃淡の花が房状に咲き、根は「吉野葛」でも有名なお菓子や薬にも使われます。「なでしこ」は、「大和撫子」という日本女性を讃える言葉にも使われる清楚な花。「をみなえし」は女郎花と書きますが、黄色いつぶつぶの粟を思わせる花。「藤袴」は乾燥させると桜の香りがする香草、歌の中で「蘭の花」というと藤袴のことです。そして、「朝顔」とは桔梗の花です。

この歌を声に出して詠んでみると、秋の野原で涼し気な風に吹かれながら、それぞれの場所で自由にのびのびと、にぎやかに咲いている素朴な花々の様子が浮かんできます。奈良にも秋の花が庭先や道端で見られるような季節になりました。

中秋の名月は、昔から「芋名月」と言われ、収穫された里芋やお団子を、秋の七草と一緒にお供えする風習がありました。灯のなかった時代、満月の光は、真っ暗闇の中でひときわ輝き、ありがたいものだったと思います。満月を、真ん丸のお盆のような月と言いますが、旧暦のお盆は七月十五日が中心で満月、盆踊りは月あかりの下で踊ったのです。

この日、大和郡山市にある郡山城の天守台では観月会が開かれ、ライトアップされた天守台の上で古事記を朗誦することになりました。天守台の入り口には観月茶会の準備、天守台の上には雅楽の演奏の人たちも集まっておりましたが、夜の予報は雨、朝からポツポツ降ったりやんだり、観月会が始まる直前はどんよりとした曇り空で、「この分ではきっとお月様は姿を現してくれない、それよりも雨が降るかもしれない」とだれもが心配していました。

郡山城は、今では天守台しか残っておらず、築城から明治時代に廃城するまでの間のことは資料が残っていないためにわからず「幻の天守」と呼ばれていたそうです。それが、丹念な発掘調査によって、二〇一四年に、天守の遺構が現れ、そのうえ金箔瓦が発見されて、四百年程前に大和、紀伊、和泉に百万石の所領を治めた豊臣秀長の時代に造られたということがわかりました。安土桃山時代を象徴する豊臣系の城＝金箔瓦というのは、この世界では常識だそうで、織田信長の安土城で発明された金箔瓦は豊臣秀吉の時代に全国に広まりました。それにしても四百年もの間、土の中に埋もれていた瓦に残っていた金箔はわずか六ミリ四方、すごい発見です。

観月会場となる天守台も、発掘調査が行われ解体修理をして、見事によみがえったものです。天守台の石垣にはいろいろなものが使われていて石仏や石塔までごろごろと出てきたそうです。

今でも礎石として使われ、不思議な格好でおさまっているお地蔵様を見ることができ、観月会が始まる前に、その前で手を合わせ拝んできました。

「どうか雨が降りませんように」と神頼みしたくなるような空模様でしたが、観月会がはじまり古事記の「あめつちのはじめ」を朗誦し始めると同時に雲が動きはじめ、伊邪那岐命と伊邪那美命の男女の二柱の神が天《あめ》の浮橋《うきはし》に立って、天の沼矛《ぬほこ》で海をかきまぜ国生みをする場面、

しほ　こをろこをろに　かきなして　ひきあげたまふときに
そのほこのさきより　しただるしほ　つもりて　しまとなる
これ　おのごろしまなり

と唱え終わった瞬間に、大きな丸いオレンジ色の満月が群青色の空にぽかりと浮かび上がってくれました。

大和郡山市のフェイスブックに「奇跡？　郡山城天守台の観月会。雨の予報をみごとに覆し、ご縁をいただいた大小田さくら子さんの古事記朗誦が響き渡りました。朗唱が終わった瞬間、雲間から満月が。これにはびっくり。感動しました。上田清」と市長さんが書いてくださいました。

糸のみほとけ

美術の大学で染織を学んでいる次女が奈良にやってきました。駅まで迎えに行くと、自分の身長よりも大きな作品を抱えていました。京都のギャラリーで三つの美術大学が合同で行う展覧会があり、そこで展示する作品でした。

ちょうど、奈良国立博物館で「糸のみほとけ――国宝綴織當麻曼荼羅《つづれおりたいま》と繡仏《しゅうぶつ》――」が開かれていました。當麻寺の綴織當麻曼荼羅は、娘もわたしも一度見てみたいと思っていた伝説の織物。幼くして母をなくし、慕っていた継母から命をねらわれ、念仏を唱えて當麻寺で出家を果たす中将姫《ちゅうじょうひめ》が阿弥陀様と観音様の力によって、一夜のうちに五色の蓮糸で當麻曼荼羅を織り上げたという物語は、古い時代から絵巻物になり、講談や歌舞伎、能や文楽、浄瑠璃でも上演されています。

當麻寺は、奈良盆地の西南、生と死の結界の場所と言われる二上山《にじょうさん》のふもとにあります。大きさが四メートル四方もある綴織當麻曼荼羅がご本尊、この曼荼羅は天平宝字七（七六三）年につくられたと伝えられています。描かれているのは浄土の世界。浄土とは仏さまがおられる清らかな場所のことですが、真ん中の阿弥陀仏を中心とした三十七尊、回りに釈迦が説かれた悟りの境地が絵巻物を広げていくように配置されています。細やかな綴れ織りの技法、大きさも、もちろん蓮糸ということも含めて、実際には一夜のうちに織り上げたものではないとしても、信じられないようなスケールの不思議な織物です。

刺繡の仏像を「繡仏」、織物の仏像を「織成像《しょくせいぞう》」というそうですが、今回の展覧会の名前、「糸のみほとけ」とは、なんてわかりやすくてきれいなネーミングでしょう。展覧会の中で、貴重な糸のみほとけたちをたくさん見ることができました。中宮寺所蔵の「天寿国繡帳《てんじゅこくしゅうちょう》」は、聖徳太子が薨去されたのちに、妃の願いにより推古天皇の勅命によって作られた刺繡による浄土図。日本古来の手法と糸が使われていると授業で聴いたばかりだと言う娘は、時間をかけてじっくりと見ていました。「天寿国繡帳」の発願者が妃と推古天皇ともに女性ですが、昔から機織りや刺繡、縫物は女性とかかわりの深い手仕事です。

日本神話の中で天照大御神は、衣織女《はたおりめ》の長として描かれています。古事記上《かみつまきかみよ》巻神代篇《へん》、天岩戸にこもる原因となった場面で、須佐之男命が御神田を壊したり、穀霊神を迎えて新穀をおさめる神殿を汚したことに対しては見て見ぬふりをした天照大御神ですが、衣織女達が神御衣《かむみそ》と呼ばれる神様に献る御衣を織っている時に、生きた馬の皮を剝いで服屋《はたや》に投げ込んだことについては許さなかったのです。ひとりの衣織女が驚いた拍子に、梭《ひ》で陰上《ほと》をついて死んでしまうのですから、衣織女を取り仕切っていた天照大御神は黙っていることはできなかったのです。そして、天照大御神は天岩戸にこもってしまわれます。また、日本書紀には、天孫瓊瓊杵尊《ににぎのみこと》のお妃の木花開耶姫《このはなさくやひめ》もまた、「八尋殿《やひろどの》をたてて、手玉もゆらに織《はた》おる乙女」と織女の女神として書かれています。

古代から機織りも刺繍も、細やかな手仕事として女性が得意としてきたものですが、糸をとる養蚕も日本では盛んにおこなわれ、古代裂の修復に使う日本の純産種の蚕、「小石丸《こいしまる》」は皇室の伝統として皇后陛下が育てられています。数年前、三の丸尚蔵館で美智子皇太后陛下が皇后陛下の時の喜寿の記念展覧会に行って拝見したことがあります。「小石丸」は普通のものよりもずっと小さいかわいらしい繭でした。

娘が小学生の頃に、思いもかけずたくさんの蚕を育てたことがあります。学校で蚕を育てる授業があり、ひとり数匹割り当てられ桑の葉を毎日あげて育てていました。わたしはちょうどその時、ＰＴＡのクラス委員を引受けていたせいだと思うのですが、ある時、娘のクラスメートのおかあさんからファックスが届きました。その内容は、「子ども達が飼っている蚕は最終的に茹で殺してしまうことを知っていますか？　授業だからと言って、一つの命を殺してしまってもいいのでしょうか。子ども達に命の大切さを教えるためにも、なにか、別の方法があればと思うのですが」というもの、電話をすると「途中で蚕の背中に油性のマーカーを塗り、繭を色つきにするという実験も行うそうですよ。生きている蚕に有機溶剤であるマーカーを塗るなんて残酷じゃないでしょうか」ということも言っていたので、思い切って父兄から出た疑問を書いた手紙を、担任の先生に渡すように次女に持たせました。

その日のうちに返ってきた先生の手紙に感動して、わたしは今でも、その手紙はとってあるのですが、内容は「父兄の方の心配もわかりますが、ただやみくもに命を粗末にするわけじゃなく、蚕を育て、また、それで、さまざまな実験をすることもこどもたち自身の興味にとっては大切なことだと思います。こどもたちの興味は大人が考える以上に多岐に広がりますから、このことに限らず、よかれと思って先まわりをして大人が結論を与えることは、こどもたちが自らで考える機会を奪っているのではないでしょうか。わたしたち大人はそろそろそういうことを反省すべきなんじゃないでしょうか。わたしは、蚕についての様々な実験を全て強制するわけではありません。こどもたちは本を読んで蚕についての様々な実験があることは知っていますが、果たして、すべてのこどもたちが同じ実験をするでしょうか。わたしはそうは思いません。あるこどもは繭をきれいな状態で残すためにゆでるかもしれませんし、ある子はかわいそうだと言って泣くかもしれません。きれいじゃなくてもいいから孵化させて自然に出てくるのを待ってあげるかもしれません。マーカーの実験についても同じです。色をつけるのはかわいそうだけれど、色をつけて観察したい、それならば、もっと違う方法はないだろうか、と考える子が出てくるかもしれません。かわいがっていた蚕の死をみつめることはつらいことです。自分たちの実験のために、と考えれば、また、特に抵抗があってあたりまえですが、この社会も、人間そのものも矛盾をかかえた存在で、わたしたちはその矛盾と折り合いをつけて生きていかなければいけないのです。だからこそ、こどもたち自身で考えてほしいと思っています」という手紙でした。

時を同じくして、偶然というより信じられないタイミングで、友人から連絡があり、「群馬の養蚕農家に色つき蚕を見に行きましょう」というのです。ちょうど、明治時代の絹商人を調べて絹にまつわるエッセイを書いていた時のこと、すぐに群馬県の色つき蚕を見に行くことにしました。

担任の先生には「いろいろ考えさせられました。こんど、色つき繭をつくることに成功した群馬の養蚕農家に見学に行ってきます。蚕について、こどもたちとともに考えることができるような何か発見があるかもしれません。行ってきましたら報告します」という手紙を書いて渡しました。

養蚕農家と聞いていたけれど、実際は前橋にあった養蚕試験場で、そこは、蚕種《さんしゅ》の振興をはかるために様々な調査を行っているところ。

お会いした蚕博士の清水先生の研究室には見たこともないような世界中の繭、布地がおいてあって、生きている蚕がそこらへんにいるうえに、

「蚕のさなぎはつくだ煮で食べるとうまいですよ」

という豪快な方でした。

もともと蚕は野山に生息していたクワコを、人間が効率よく絹糸をとるために品種改良を重ねたもので、四千五百年程前の中国の遺跡から絹織物が出土していることを考えると、ほんとうに長い時を経て、今のような飛ぶこともできない蚕が出来上がったことになるのです。天蚕《てんさん》と呼ばれるヤママユガの幼虫は雑木林でクヌギやカシの葉を食べ生息しています。清水さんが放し飼いにしていた天蚕は、研究室のいたるところで優雅に葉っぱを食べていましたが、まるでつややかな翡翠のような緑色でむちむちと気持ちよく太っていました。試験場の外でも囲いをして飼って

いて、その太った幼虫を食べに猿が山から下りてくるそうで、さなぎになる直前が一番おいしいと猿も分かっているのです。

　群馬県でも昭和三十年くらいまでは、見渡す限り桑畑が広がり、養蚕農家がまじめに養蚕に精を出せば、家が一軒建つほどの儲けがあったそうです。蚕糸業に関わる工場も会社も人材もどんどん減る一方で、「日本の絹が一番」と言われていた時代がうそのように寂しい状態、色つきの繭というのも、少しでも蚕や絹の存在を残していくためのなにかきっかけになればとの思いから、染料入りで害のない人工飼料の開発へとすすんできたということでした。実際に見せていただいた色つきの繭は全部で十一色の淡いパステルカラー。「小学校の子どもたちに見せたら喜ぶだろうな」などとつぶやいていたら、お土産にたくさんの色つきの繭をくださいました。

　蚕は材料の繊維だけではなくて、衣料品のバイオテクノロジーの有用物質としての可能性も秘めていてさまざまな研究がなされているということですが、蚕の存在を多岐に広げることは家畜化させてきた蚕に対する人間の責任じゃないだろうかと感じながら、小学生が蚕を育てることによって、命をみつめることはもちろん、賛否両論あるもののさまざまな実験を通して、子どもたちの興味を広げ、科学の目を育ててくれる存在になっていることはたしかなんじゃないだろうかと考えていました。

　そして、後日、清水先生から家に数百匹の蚕が届けられました。クール便を開けた時には驚きましたが、娘はその蚕たちのお世話を毎日しっかりとしてくれました。

　家の近所には、桑の木もありましたので、娘は毎日蚕に食べさせる桑の葉をとってきて人工飼料もあげて、リビングに置かれた箱の中の蚕たちはどんどん大きくなり、何度か脱皮を繰り返して糸を出す頃になると、箱の数も増えて、リビングは足の踏み場もないほどになりました。糸を出して繭を作る時になると、蚕は動きが鈍くなります。「このお蚕さんそろそろかなぁ、明日には糸を吐き出すよ」と言う娘の予想はほんとに当たり、みんなを驚かせたものでした。数百匹の蚕が繭になった時には感動しましたがちょっと寂しい気分にもなりました。蚕は一頭、二頭と数えますが、それだけ存在感もあるのです。

そして、はじめての繭から糸をとるという段階になった時、娘はかわいそうだからと、繭をゆでずにそのまま孵化させることを選びました。蚕は繭を破って成虫になって出てきましたが、口がない成虫は食べることができずにすぐに死んでしまい、結局無残に食い破られた繭からは糸も取れませんでした。人間が糸をとるために育てた長い歴史があったから、お蚕さんの成虫は食べる必要がなくなって、結局口がなくなってしまったのね、せめて、きれいな糸を残してあげたいね、と娘と話し合いました。

一本の糸も命の証し。「糸のみほとけ」という言葉は、娘と蚕を育てたことまでも思い出させてくれました。

お米

　秋になると、明日香村の田んぼの畔道には真っ赤な彼岸花が並びます。なだらかな傾斜地に段々に広がる稲渕《いなぶち》の棚田は何度見ても心に沁みる景色ですが、彼岸花の赤い色があせる頃になると、稲穂はすっかりこうべを垂れて、黄金色にキラキラと輝き出し、稲刈りはもうすぐです。明日香の古代米は有名で野性的で栄養があり、赤、黒、緑とカラフルな米粒は、味も匂いも個性的ですが、田んぼに揺れる稲穂の色合いもにぎやかです。

　古代米の中で特にわたしが好きなのはもちもちとした触感の緑米で、白米に混ぜて炊くと香りのいい上品なご飯になるのです。奈良に来てから、なるべく地元で作られている様々なお米を順番に買って食べてみました。明日香村のお米の他に、曽爾《そに》村や、宇陀のお米も、どれもとても美味しくて、減農薬や有機肥料のもの、生産者の名前が入っているものもあり、こだわって作ったものが多いのは安心です。

　日本人にとってお米は命の源。稲作りが始まったのは、二千五百年くらい前と言われていますが、古事記や日本書紀、古くから伝えられてきた神話の中で、稲作は神様から授かったものとして大切に扱われています。

黄泉の国から帰り戻った伊邪那岐命が禊を行うと、三柱の貴い神様が生まれます。左の目からお生まれになった天照大御神は高天原を治めるように言い渡され、稲の御霊《みたま》が宿った玉の首飾りを授けられるのです。後に天照大御神が、番能邇邇芸命《ほのににぎのみこと》が地上に降りていく時には、「みんなにお米を作ることを教えるように」と稲穂を授ける話もあります。降り立った地上が闇におおわれていたので、番能邇邇芸命が稲千穂《いなちほ》を籾《もみ》にして四方に蒔くと、日月があらわれ明るくなったというお話もあります。「ほのににぎのみこと」の「ほ」は稲穂、「ににぎ」はにぎにぎしく、つまり豊かに実る稲穂の神様という名前です。日本の国は稲の神が治めていると神話は伝えているのです。

神社のお祭りや神事の中にも、春にはお田植祭、秋には収穫祭など、豊作を祈念し、収穫を祝うものがたくさんあります。十一月二十三日の新嘗祭は宮中祭祀でもありますが、新米の実りを祝い、その年の収穫を感謝する日。昔はみんなで一緒に喜びを分かち合いながら、神様にお供えをして感謝の気持ちをあらわし、この日から今年とれたはじめての新米をいただく習慣がありました。初物をいただく気分は特別なもの、新米のおいしさは格別ですので、わたしもそんな習慣は大切にして、十一月二十三日から新米をいただくことにしています。それでも、うっかり忘れて先に食べてしまわないように、この時期になるとちょっと気を付けています。

以前何気なくテレビを見ていた時に、京都の老舗の料亭のご主人が若い女性のアナウンサーに、ご飯の炊き方を教えるという番組をやっていました。全くの料理初心者にお米をとぐことから手取り足取り教えているような感じでしたが、「米粒ひとつぶひとつぶが、乱暴にぶつかりあわないように、優しくとぐんですよ、仲良く仲良くおいしいご飯になってくださいね～」と丁寧にといでいる穏やかな表情に、わたしまで温かい気持ちになり、引き込まれるように見てしまいました。炊きあがって蓋を開け湯気の上がるご飯を茶碗によそって、女性のアナウンサーがひとくちご飯を食べた時でした。「こんなにおいしいご飯、食べたことがない」と言って、涙をポロリとこぼしたのです。

思いがけない場面にわたしまで目頭が熱くなりましたが、今でも時々、あの料亭のご主人の穏やかな表情と言葉、女性アナウンサーの涙を思い出しながら、「ひとつぶひとつぶ、仲良く仲良く」と唱えてお米をとぐことがありますが、これが、ほんとに美味しくなるから不思議です。

冬

おかいさん

子どもの頃、風邪をひいて熱を出した時やお腹をこわした時に母はお粥を作ってくれました。具合の悪い時には上澄みの重湯だけ。重湯でもお粥でも、弱った体に沁みわたるような味と温かさで、食べるごとに回復していくのがわかる様な気がしました。寝ている枕元にお盆にのせてもってきてくれて、熱々のお粥をスプーンですくって、ふーふーとさましながら母に食べさせてもらえる。それは熱があって苦しい中のちょっとした楽しみでもありました。お粥には必ず梅干しが添えられていて、時々すりおろした林檎もありましたが、たいていはお粥だけです。調子が悪い時には、美味しいなと思っていたお粥を、もう食べたくないと母にうったえる頃には、すっかり元気を取り戻していて、それは回復のバロメーターでもありました。

その頃は、お粥の作り方など考えてもいませんでしたし、少し大きくなってからは風邪をひいてもほとんど食べなくなりましたが、家庭を持ち子育て中には離乳食や病気の時に、何度となく作りました。炊いたご飯にお湯を入れて煮ても美味しいお粥はできません。研いだお米にたっぷりのお水を入れて、煮立ってきたら吹きこぼれないくらいの弱火で二、三十分くらい炊きます。ツバメが親鳥からエサをもらう時のように、ふたり並んで口を開けて待っているほど、娘たちもふーふーしながら食べさせてもらうのが大好きでした。

節句や季節の行事を子ども達と一緒に楽しみましたが、正月七日には七草がゆを作りました。せり、なずな、ごぎょう、はこべら、ほとけのざ、すずな、すずしろ、春の七草は万病と邪を除《しりぞ》け体を養う食材、ご馳走ばかりのお正月の野菜不足も補って疲れたお腹もほっとひと休みです。昔、ぺんぺん草と呼んでいたなずなは家の廻りに生えていましたし、その他のものも畑や道端の野草を採っていたのでしょうが、今はスーパーマーケットにセットになって売っています。

古い日本の習慣で、正月初めての子《ね》の日に若菜を摘む行事がありました。百人一首の光孝天皇の歌、

君がため春の野にいでて若菜つむわが衣手に雪は降りつつ

春とはいえ一月ですので、まだ雪が降るほどの寒さの中で春一番の若菜を摘んで、無病息災を願って春の芽吹きのエネルギーを手渡したい気持ちがあらわれているようです。相手の方はどのような方だったのでしょうか。どなたにしても愛する大切な方だったに違いありません。

奈良では朝食に茶粥を食べる習慣があります。お水取りで知られる東大寺修二会《しゅにえ》、練行僧の行

中の食事は茶粥、炊きあがった茶粥から茶こしですくったご飯がゲチャ、重湯だけの茶粥をゴボと呼ぶそうです。これに塩を入れて食べる栄養価の高い千年来の夜食です。聖武天皇の時代に僧侶を宮中に呼んでお茶をふるまったことや茶の木を植えたことも記録にあり、弘法大師空海が宇陀の地に種をまいたことが大和茶の始まりと言われています。茶粥もお茶そのものも奈良での歴史は古いのです。

僧侶だけでなく、「大和の茶粥」と言われるほど普通の人々の暮らしの中でなくてはならない食べものです。奈良県は、奈良盆地から宇陀、葛城、吉野、十津川と北から南に広がる地域には、それぞれの土地の特性、暮らしの習慣や伝統がありますが、昭和初期まではどこでも朝食、夕食ともに茶粥だったようです。

「おかいさん」と親しみを込めて呼ばれる大和の茶粥の作り方は、木綿のちゃんぶくろに番茶を入れて色よく煮出してから、ちゃんぶくろを引き出したあとにといだお米を入れて弱火で煮て、最後にひとつまみの塩を入れて出来上がり。お米だけではなくてかぼちゃや里芋、さつまいも、そら豆や栗を入れて作ったり、いずれにしてもどろっとした粘り気のある炊きあがりにならないように、さらっと仕上げるのが大和の茶粥の特徴だそうです。

昭和初期の奈良の食事を、地域ごとに調査した「聞き書奈良の食事」という興味深い本があります。吉野川流域の朝食について、

「冬の朝は、嫁はんはゆっくりと日が昇るころに起きる。あさはんは、おかいさん（茶がい＝茶がゆ）と漬けもんだけである。おかいさんは、自家製の番茶をわかしたところへ洗い米を入れて

炊くが、米からだから時間がかかる。（中略）お舅《とう》はんは、とろけるようになったおかいさんはきらいなので、別なべによけて、炊きすぎないように気をつける。その間に、おかいさんに入れるあも（もち）焼きや漬けもん出しをしたりする。あもは、箱火鉢で五〇～六〇個も焼く。（中略）炊きたてのおかいさんはからだがぬくもっておいしい。それぞれが五、六杯はおかわりする。」

とあります。これだけの記述なのに、朝早くから働いてみんなで朝ごはんを囲んで、お舅さんもいて、お餅を五〇個も焼くのですから大家族だとわかりますが、あも入りのおかいさんを何杯もおかわりする賑やかで楽し気な様子、幸せそうなみんなの笑顔が見えてくるようです。

薬師寺の僧侶が毎日行っている法要に朝五時の勤行があります。朝のお参りに参列させていただいたことがあります。奈良は昼間と朝晩の温度差が激しく、春だというのにお堂の中は震えるほど寒かった記憶があります。金堂でお経を唱え参拝したあと、東西両塔、大講堂や玄奘三蔵院など諸堂を参拝し最後に持仏堂で観音経、薬師経などのお経を読誦するのが一山の僧侶が揃って行う薬師寺の日課です。真冬でもどんなに忙しくて寝不足でも毎朝続けるのはどんなに大変なことでしょうか。体験で参列させていただいたわたしは、早朝の薄明かりの冷たい空気の中、山内を歩き廻り、大きな声で読経していくうち、からだも気持ちもすっきりとしてお腹もペコペコになりました。持仏堂でのお参りが終わったあとにいただいた朝食が茶粥と漬物、それだけなのに、なんと美味しかったことでしょう。おかいさんのぬくもりが体中に広がって、優しいお米の匂いと香ばしいお茶の香りに包まれて一瞬で幸せになるような味、思わずお粥をさん付けで呼んでしまうような味でした。

闇夜の幻想、灯籠の光

雨音だけしか聞こえてこない夜の闇の中で、午前零時、若宮神社の御神体を御旅所《おたびしょ》にお遷しになる遷幸《せんこう》の儀が始まりました。十二月十七日、春日大社の「春日若宮おん祭《まつり》」は、今年（平成三十年）は冷たい雨の中で始まりました。

「おん祭」は天下泰平、五穀豊穣、万民和楽を祈って、平安時代から絶えることなくとり行われてきたお祭りです。五十頭の馬、千名を超えるお渡り行列、一之鳥居のそばの参道にある影向《ようごう》の松の前で行われる松の下式や、御旅所での神事、芸能の数々は、ちょっと見ただけでは、その全貌をつかむことはできませんが、はじまりとおわりの儀式は闇夜の中で行われ、神様の気配のようなものが五感に伝わってくる感覚を味わうことができます。

奈良では春日大社は「春日さん」、その摂社である若宮神社は「若宮さん」と親しみをこめて呼ばれていますが、本社南門から石灯籠が並ぶ御間道《おあいみち》のつきあたりに位置する若宮さんは、本社の神様の御子神《みこがみ》です。今から千年以上前、第四殿比売神《ひめがみ》の御殿の床下の水のかたまりの中から、突然、神様の化身が現れたと神秘的に伝えられています。第三殿の天児屋根命《あめのこやねのみこと》と比売神は夫婦神ですので、その御子ということです。

その若宮さんのお祭りである「おん祭」のはじまりの儀式「遷幸の儀」、おわりの儀式「還幸《かんこう》の儀」にはじめて参列したのは今から十年程前です。雪がちらつき、時間と共にしんしんと冷え込んでいく夜中に、「拝殿の御格子《みこうし》あげられーい」という厳かな声で儀式が始まりました。蔀戸《しとみど》を上げて、戸を叩くバタバタという音が鳴ったとたんに、いろんなものが動き出す気配がしました。力強い「をー、をー」という警蹕《けいひつ》の声、灯一つない参道を走る星屑のような松明《たいまつ》の火も、その中に焚き染められた沈香《じんこう》の香りも闇の中で際立ち、体中の細胞が研ぎ澄まされていくような感じがしました。

「おん祭」の雨はめずらしいことです。冬になると、春日山に響きわたる雅楽の音色と、極寒の闇夜の儀式が恋しいような気持ちになり、何度となく「おん祭」を見に行きましたが、わたしにとっても土砂降りの雨は初めてでした。例年よりも気温が高いせいで雪にはならなかったのかもしれませんが、それでもやはり冬の雨は冷たくて、吐く息が白く煙りました。お祭りを斎行《さいこう》されている方たちは、傘のような、とんがり帽子のような、変わった白い被り物をされているように見えましたが、他に普通の二倍もあるような大きな白い傘をさしておられるのも見えました。晴れていたとしても、宮司様はじめ神職の方々がどのようなことを行っているのかうかがい知ることはできません。また、御神霊をお遷しする時は、榊《さかき》の枝で十重二十重にお囲みする特別な作法があるそうですが、手にした大きな榊の枝と一体になって動いているような大勢の神職や、雅楽を演奏されている方々を、はっきりと認識はできませんでしたが、大勢の白いものが、雨音とともに木立ちの間で浮かぶように動いている光景は、今まで見た「遷幸の儀」の中で最も幻想的でした。

闇夜の中に立つ石灯籠もまた昼間とは違って見え、まるで人が立っているようです。

春日大社にはたくさんの灯籠があり、古くは平安時代から、有名な武士や貴族のものもありますが、庶民の人たちが、神様への祈りと感謝の気持ちをあらわそうと奉納されたものが多いとのこと。よく見るとそれぞれ違った模様で、鹿や鶴、鳳凰や藤の花、文字なども彫り込まれています。石灯籠のほかに金属製の釣灯籠も、細工が美しくひとつひとつに趣向が凝らしてあります。

何よりもわたしが好きな灯籠は、青いガラスの瑠璃玉が連なって四方を囲んだ瑠璃灯籠です。「春日権現験記絵《かすがごんげんげんきえ》」の中では、御本殿の各御殿にかかっていて、平安時代の関白、藤原頼通が奉納したと言われています。千年前の瑠璃灯籠は今は一基だけしか残っておらず、平成二十八（二〇一六）年、二十年に一度とり行われる式年造替の時に、各御殿用のものが復元されました。現存する一基の本物の瑠璃灯籠は、国宝殿で展示されていた時に、また、復元されたものは今年の夏、春日大社の全灯籠に火が灯る中元万灯籠の時に見ることができました。四殿それぞれに釣り下げられた瑠璃灯籠の透き通った青い光は、昼間に見る御殿の朱色を幻想的な色に変えてくれるようでした。

「おん祭」の時だけ姿を見せる灯籠があります。神様が二十四時間だけおられる御旅所のお仮殿《かりでん》に掛ける大きな瓜灯籠です。名前の通り、瓜の形をしています。十二月に、「おん祭」について講座が神社の「感謝・共生の館」で行われ、実際にその年の祭りのために建てられたお仮殿を身近に拝見したことがあります。若宮さんのご本殿と同じ形式の春日造りで、すべての部材は皮付きの松の丸太を使い、柱は赤松の大きな掘立柱《ほったてばしら》、青々とした松の葉で屋根が葺かれ、壁は土壁で背面と横面には漆喰の白い鱗紋、御簾の中には菰《こも》が敷かれているそうですが、仮とは言え浄らかで美しい御殿です。真夜中の「還幸の儀」は、大きな瓜灯籠が消され、神様がお仮殿から出られた時から始まります。掛けられていた大きな瓜灯籠がはずされると、お仮殿は力を失ったように寂しげになり、清らかな美しさまでもが消え失せてしまうような気がするから不思議です。それはお仮殿だけではありません。神様をおもてなしするために繰り広げられていた神事芸能を行う芝草の土壇も、それまで鳴り響いていた大きな鼉太鼓《だだいこ》の体を震わすような音の余韻も、あとかたもなく無くなってしまうのです。

祭りのあとの明るい太陽に照らされた御旅所に訪れると、夜中の出来事は果たしてほんとうのことだったのか、幻だったのではと狐につままれたような気持ちになって、すでにもう、来年灯される瓜灯籠の光が見たいと思ってしまいます。

注連縄《しめなわ》

はじめて注連縄を自分の手で作りました。

ならまちの南の端にある奈良市の複合施設には、竈《かまど》で炊いたご飯を食べられる食堂があり、引越したばかりの時から、今でもよく朝ごはんを食べに行きます。生みたて卵に竈ご飯は絶品、おかわりもできるので、二杯目は、おこげも入れてもらって奈良漬とちりめん山椒でいただいたりします。地元で採れた野菜や果物、伝統的な調味料や手作りのお菓子など、昔ながらの料理道具や土鍋や食器なども売っていて、敷地内には、小さな田んぼや畑、実のなる木があり季節を通していろいろな花が咲いています。十二月の雪のちらつく日に、そのお店の入り口で愛らしい桜が咲いているのを見かけました。木札には「十月桜」とありましたが、木枯しの中で咲いている桜は、春の陽射しの中で見る桜よりも力強く、しばし見とれてしまいました。

注連縄づくりは、その複合施設の敷地内で「観光案内所」として使われている大正時代の建物の一室、床の間もある趣のある部屋で行われました。藁を綯《な》って、山に自生する裏白《うらじろ》、畑の金柑、紙垂《しで》と檜の「笑門」の木札をつける小さなしめ飾り、伝統的なお正月飾りです。藁は実がならないしめ飾り用の「ミトラズ（実とらず）」「青刈り」というのがあるそうですが、先生は「今日は、お米が採れたあとが残っている藁を使って、実りの感謝の気持ちをこめて作りましょう」と仰いました。

昨日、地元の農作物の販売所でお正月用のお飾りを見たばかりでした。橙と裏白がついた注連飾り。サイズは小さいものもありましたが、ほとんど大きなものばかり。関東では、目移りするほどいろいろな形の注連飾りが売られていましたが、奈良では、伝統なのでしょうか。昔から使われてきたシンプルな注連飾りだけです。注連縄にそえて飾る横一列に並べて棒にさし、真ん中六個、両横二個で「にこにこ仲睦まじく」という伝統的な干し方の鶴子柿《つるしがき》も売っていました。

講習用に教えていただく注連縄は店で見た大きなものではなく、長さが二十センチほどの小さい「ごぼうじめ」。ちなみに太いものは「大根じめ」というそうですが、大根じめじゃなくてほんとうによかったです。先生から教わりながら作り始めましたが、分けた細い数本の藁を両手を合わせて綯っていく最初の作業から四苦八苦。なんとか出来上がった時には、三時間も経っていました。自分で作った注連飾りを見ながら飲む、出していただいた手作りの甘酒は空腹のからだに沁みわたりました。

古事記の中に、注連縄が出てくる場面があります。天岩戸にこもってしまった天照御大神は、岩戸の外で天宇受売命《あめのうずめのみこと》が舞い踊って、神々たちが大笑いをしながら騒いでいることを不思議に思い、岩戸を少しだけあけてしまいます。待っていた天手力男神《あめのたぢからおのかみ》がすかさず天照大御神の手を取って引き出すと、布刀玉命《ふとたまのみこと》が注連縄を張り「これより内側には、決してお戻りになりませんように」と言う場面です。注連縄は結界の役割、古事記では尻久米縄《しりくめなわ》という言葉が使われていますが、「しりくめ」がつづまって「しめ」になったと言われています。

お正月に玄関に飾る注連縄や注連飾りは、「清らかな場所を作っておきましたので、歳神様、安心して降りてきてくださいね」ということを示しているのですが、注連飾りに使われる飾り物にもお目出度い意味があります。それぞれ縁起のいい言葉が使われて、「にこにこ仲睦まじく」という鶴子柿の干し方もそうですが、昔の人の言葉のセンスに、思わずなるほどとうなずいてしまいます。橙は孫子の代まで代々繁栄しますようにとの願い。裏白は葉の裏側が白いので裏側を前に出して使い、穢れのない清らかな心の表明。飾りに使われる吉祥の鶴や亀、運を運ぶ蛇、末広がりの扇子や願いを叶える宝珠、福を掬いとる杓文字《しゃもじ》など。

伝統行事や節句などの季節に合わせた習慣は、時代と共に移り変わっていき、忘れられていくことも多いと思いますが、今回の注連飾りづくりの先生も、参加した人たちの大半もわたしの娘の年代、嬉しいことです。

日本各地には特色ある注連飾りがあり、秋田の農家に生まれた父は、わたしが小さい頃は年の暮れになると、足で藁をおさえ、背筋を伸ばして注連縄を綯っていました。子どもながらに頼もしくながめていたことを覚えています。年末は大掃除やお餅つき、注連縄やお節料理のための買い出しなど、お正月の準備で家族みんな、親戚や近所の方々も加わって、そわそわウキウキしながら気忙しい日々が、昭和の子ども時代にはあったことを思い出しました。昭和、平成、そして新しい元号になった令和は、どんな時代になるのでしょうか。伝統行事や生活の中に取り入れられる季節ごとの習慣を、ワクワクしながら伝えられる世の中であってほしいと願います。

お餅

お正月の準備、お供え用の鏡餅とお雑煮用のお餅を買いに行きました。

奈良の地元の野菜の即売所には、普段から丸餅や草餅が置いてあり、あんこ入りのものや入っていないものも時折買ったことがありました。今回はつきたての白い丸餅と初めて見る紅色の丸餅を買って、ならまちを歩き回りました。

白味噌仕立てで、具材は里芋、大根、人参と豆腐、お餅は焼いた丸餅という奈良のお雑煮を一度食べてみたいと思っていました。吉野地方は、きな粉を別に用意して、お餅を取り出してきな粉につけながらいただくという習慣もあるそうですが、これは興味をそそります。

商店街で、普段は和菓子が並ぶガラスのケースがすべてお餅という店をみつけました。ガラスケースだけではなく、床の上に積み上げられた木箱の中にも、紅色のお餅、丸いものだけではなくて、こんもりとした細長いお餅もありました。それは「ねこ餅」というそうで、丸まった猫の形に見えることからついた名前で、お正月に神棚にお供えして、そのあとは、切ってから焼いて食べるものとお店の方が教えてくれました。神棚と部屋用の鏡餅、お雑煮に入れる丸餅と、めずらしいので紅色の「ねこ餅」も買って帰りました。

故郷の北海道の家のお雑煮は、四角いお餅。中学生頃からは店で買っていましたが、子どもの頃は、暮れの押し迫った頃にお餅つきがあり、親戚や近所の人たちと一緒に、つきたてのお餅を食べた懐かしい記憶があります。大きな臼と杵、大人たちが順番につく様子、真っ白な湯気の立った餅が出来上がっていくのを見るのは楽しみでもあり、ちょっと怖いような感じもして、子どもは危ないから近寄るなと言われていたせいもあるかもしれませんが、一種独特の真剣で温かな迫力がありました。

わたしが生まれたのは十二月三十日、餅つきをしている最中に母が産気づき、夜中の二時頃、家にお産婆さんが来てくれて生まれたということです。つきたてのお餅の匂いに誘われて生まれたせいもあるのでしょうか。お餅もお米も大好きで、一歳前のハイハイしている頃に台所に行って、床においてあったお櫃《ひつ》を開けて、両手と顔にご飯粒をいっぱいくっつけて、にっこりしている写真もあります。

鎌倉では年末に、親しくさせていただいていた円覚寺の老師さまからいただくお餅を、いつも楽しみに待っていました。僧堂では、暮れも押し迫った頃に、和尚さんや雲水さん達が総出でお寺の正月用のお餅をつく日が決まっていて、老師さまの手伝いに伺っていた時に拝見する機会がありました。昔ながらの竈《かまど》でもち米を蒸かし、蒸かし上がったもち米を勢いよく臼に入れてからは、何人かが杵を持って、押したり、こねたり、返し手も加わり手際よくお餅つきが始まるのですが、周りの者も黙って見ているわけではありません。つき上がったお餅が熱いうちに、鏡餅や丸餅、のし餅にするための準備をしながら、腹の底に響くような力強い掛け声をかけるのです。湯気の立つお餅の匂いと修行されたお坊さんたちの大きな声は、一年の締めくくりにふさわしい清々しいものでした。

奈良ではじめての年越しとお正月。神棚に鏡餅を供えてから、外に出て玄関にはる注連縄の用意をしていると、お向かいの方が青竹と大王松を持って出て来られ、庭の赤い実がたわわになった南天も切って、可愛らしい門松をこしらえました。節で切った竹の断面はまるで笑ったように見えて、「いいですね」と感心してしばらく見ていたら、うちのためにも作ってくれて、新しい年に歳神様を迎える準備がすっかり出来上がりました。

新年を迎えて元旦に年始のご挨拶に伺った春日大社で、はじめての奈良のお雑煮を御馳走になりました。大根、人参、里芋に大きな丸餅。白味噌は、思っていたよりもずっと甘くないもので、さっぱりとしたなつかしい味がしました。

四十年ほども前のことですが、京都の旅館でお正月を迎えたことがありますが、三つだけ印象的なことを覚えています。

ひとつは除夜の鐘が鳴りだすと同時に真っ白な雪が降り始めたこと、ふたつめは元日の朝、旅館の玄関にお囃子とともに大きな獅子舞いがあらわれたこと。三つめが白味噌に丸餅のお雑煮の味。柚子と三つ葉も入っていた記憶がありますが、甘い白味噌は、北国生れのわたしにとっては経験したことのないものでした。

奈良で食べる初めてのお雑煮がなつかしいと思ったのは、この時のことを思い出した訳ではありません。お正月のピンと張りつめた冷たい朝の空気、体の芯から温まるような白味噌の味と焼いたお餅の匂いは、いつかどこかでかいだことのあるような、思い出せないなつかしい味でした。

第3章　わたしの古事記

波の音と木々の声

「今年の夏は、家の近くにとても早起きでおしゃべりな鳥がいて、そのピチュピチュ、チ、チ、ピチュという声で、朝、目を覚まします。布団の中で時計を見ると、まだ四時半。そのままじっとして耳を澄ませていると、海からの風の音と、かすかな潮の香りがしてきます。遠い空で歌うように鳴いている鳶や、せわしげに音をたてる虫たちの声も、山の緑の匂いに包まれて何だか気持ちよさそうです。」

これは今から十年前に、古事記を声に出して詠み唱える朗誦を「やまとかたり」と名付けて、CDブック「やまとかたり　あめつちのはじめ」を出した時のあとがきの最初の部分です。その頃は鎌倉の七里ガ浜に住んでおり、毎朝、海に向かって声を出すのが日課でした。浜辺まで歩いて片道二十分、一時間ほど声を出してから家に戻ります。五月も後半になりますと四時半には日が昇ります。冬は五時に起きてもまだ暗く、朝食の準備をしてから浜辺に向かいました。

「朗誦」とは大きな声を出して唱えることですが、「朗」の訓読みは「朗らかに」、「誦」は「そらんずる」ですので、朗唱とニュアンスが違うのは、書いたものを見ないで唱える、歌うように言葉に節をつけてそらんじるという意味合いがあります。はじめから古事記の原文を暗記してやってみようと思っていた訳ではないのですが、海に向かって大きな声を出しているうちに、自分なりの抑揚とリズムができあがり、今のような朗誦の形になりました。朝五時頃の波のない穏やかな日の湘南の浜辺には、犬を連れて散歩する人が少しいるくらいでひと気はあまりありませんが、波が高い日には、冬の季節でもたくさんのサーファーたちが大きなボードを抱えて海に入っていくのを見かけました。浜辺で波を待つ人たちもいますが、彼らは海の中の生きもののように自然体で、周りのことを気にしたりはしませんので、わたしも心置きなく大きな声が出せました。

海に向かって声を出しますと、風や波の音のせいで自分の声がよく聴こえません。空も海も無限に広がっていて、声を響かせたり、跳ね返ってきたりするようなものは一切ありませんので、うまく声を出してみようとか抑揚をつけようと考えることもなく、ただ声を出すことに集中できます。そうすると、耳には届かない自分の声が体で感じられるようになり、また逆に体から声が出ているような感覚になりました。

ある時、浜辺に立ち沖の方をながめながら大きな声で朗誦していた時に、光るものが弧を描いて跳ぶのが見えました。きらきらっとしたものが、魚だと気付くのに時間はかかりませんでしたが、一瞬、なんだろうとどきっとしました。まるで朗誦に合わせるように魚が海の上を跳びはねるので、こんなに魚が跳ぶものかしらとわくわくしながら、次の朝行くのが楽しみになりました。

結局、浜辺に通う朝の朗誦は、十二年間続けましたが、その間にどれほど魚が跳ぶのを見たでしょうか。沖の方ばかりではなく、波打ち際で三角の光の塊のような魚が、群れで跳んだところも見ました。これは十二年の間に、数回だけのことでしたが、今も忘れられないほどの美しい光景でした。魚だけではありません。鳶や海鳥やハトやカラス、小さな蟹も、朗誦の最中にそばに寄ってきてくれるのを見るのは楽しいことでした。波打ち際や浜辺の様子、また海や空の色も、毎日同じことがありません。

いろんな形の貝殻や色とりどりの透き通ったガラスが砂に絵を描くように散らばっている時もあれば、次の日にはそんな美しいものは跡形もなく消え去って、工事現場にころがっているような石ころがごろごろと波に洗われていたりします。浜辺にいる一時間の間には、見ているそばから海の色や雲の形が変わっていくこともあります。海岸線の向こうの山の端に見えていた太陽が、光を変化させながら空に昇っていくのも、あっという間です。

潮の満ち引きが、お月様によって変わることは知ってはいました。それでも、月の動きによって変化を繰り返す自然界の規則性、空と海の色、風の匂い、肌に触れる空気の感じで、季節の移りかわりを気付くことができたように思います。また、天候によってふいに変化する海の状態、昨日は座れた場所に、今日は海水が満ちて近付くこともできないほどに様相が変わっていると、怖くなるほどの思いもしました。

たったひとりで海辺に立って自分に対峙する朗誦の時間は、自然と繋がっているという安心感と自信を与えてくれたのかもしれません。止むことなく繰り返される波の音は大自然の命の鼓動、自分の心臓の鼓動は、その自然の中の一部として、たくさんの命と共鳴してハーモニーを奏でている、いつか止んだとしても、また別の鼓動が鳴り出し続いていく。波の音を聞きながら、その鼓動を同じように奏でていた古代の人に呼びかけるような気持ちで、古事記の朗誦を行っていたように思います。

海のない奈良に暮らすことになり、家のそばの森の中の道で、神山を拝し木々に向かい、声を出すことにしました。海も山も同じ自然の中、そこで声を出して朗誦することに、それほどかわりはないように思っていましたが実際は全く違っていました。

ひと気のない静かな森の中の空気は冷たく澄んでいて生き返るような気持ちよさに包まれます。体中の細胞が敏感になりアンテナが立つような感じで、森の奥の方の木々の葉っぱや草が少し揺れて動いただけで、ハッと目を凝らしてしまいます。声を出し始めると森の奥、遠くの方から不思議そうにこちらをじっとみつめる鹿達もいるのですが、鹿がいない時でも、何かがこちらを見ているような気がすることがあります。静寂に包まれていても、大きな木も小さな草花や葉っぱも、森の中のあらゆる生きものたちは動いているのだと気づきました。たくさんの目や耳がこちらを向いて、そして、人間には聴こえない声を出しているのかもしれません。

今はまだ、森の中の命と共鳴する確かな感覚は生まれていませんが、いつか木々の声が聴こえてくるといいなと思いながら、集まってきてまばたきもせず、みつめてくれるかわいい鹿達の気配を感じながら、朝の森で朗誦しております。

背表紙の記憶

わたしが生まれたのは北海道十勝の小さな町。小学校五年生まで暮した場所は、海まで車で三十分、森や林、川もあり、畑が延々と続く先、遠くに日高山脈が見える広大な大自然の中で育ちました。

昭和四十年代ですが、あたりで馬の姿を見かけることも少なくなく、町を横切る大きな川の橋のたもとには、馬のひづめを守るために鉄の道具をとりつける蹄鉄所がありました。町の通りを馬が荷台に、ビート（さとうだいこん）やじゃがいもなどの野菜をつんで運んでいました。また馬だけではなくて冬には犬ぞりで魚を売って廻るおばさんもいました。蹄鉄所の側で待っていると、蹄鉄を取り付ける時に、爪を切るように削りとられたひづめが飛んで来ます。ちょっとやわらかくて、ゴムのような感触が不思議な感じがして、それを拾って箱に入れてとっておきました。

大切なものを入れておいたその箱の中には、友達からもらった矢じりもありました。わたしたちが「十勝石」と呼んでいた黒い石を削ったもの、刃の部分は透き通るほど鋭く尖っていました。小学校のグランドを掘っていたらみつけたと言っていました。隣の村で十数万年前のナウマン象の化石が、一頭分完全に復元できる状態でみつかったとニュースで話題になっていましたので、友達はほんとうにグランドでみつけたのかもしれません。

学校の裏山には馬がつながれていて、その馬のために給食のパンはいつも食べずに残しておきました。春には、スズランが一面に群生する場所で、甘くて清らかな香りに包まれて時間を忘れてスズランつみをしました。都会の花屋でたまにスズランを売っているのをみかけますが、その香りとはまったく違う強い匂いです。ひとにぎりの花でも、玄関に飾っておくと、家中にその香りが広がってドアの外からでも香るようでした。十年程前に、鎌倉の家に、昔の知り合いのおばあちゃんが、なつかしいだろうからと、野生のスズランを箱に入れて送ってくれたことがあります。箱を開ける間もなく香ってきたそのスズランの香りによって、故郷の草原が目の前に広がるような、懐かしい気持ちになりました。

森では夏になる頃に、至る所で脱皮する数えきれないほどの、生まれたての透明な蝉にも会えました。夏でも夜はストーブをたくような気候でしたので、川では泳ぐことはしませんでしたが、足を入れたままにしていると、鮭の稚魚と思われる小さな魚が大勢で足をつつきにやってきました。河原には、叩きつけるとすぐに割れる白くて柔らかい石がありました。それを探して砕いて水を加えながら練って、小さな壺をつくりました。河原に置き、何日か経ってから行くと、その壺が固くなっていて、そのできあがりを見るのが楽しみでした。

小学校四年の時、学校の帰り道、大きな木の側に不思議な生き物を発見しました。それは掌にのるほどの小さな人間のような姿をしていました。手足があって、髪の毛はなく、また全身が、ちょっと濡れたような感じの肌色だったことはよくおぼえています。今でも絵に描けるほど記憶の中のその姿は鮮明です。人形かなと思い触ってみると温かいうえに、ちょっと動いたのでびっくりしました。そのあとぐったりして動かないのをずっと見ていたら知り合いのお姉ちゃんが通りかかって「鳥の赤ちゃん、死んじゃってるね」というので、木の根もとに埋めることにしましたが、わたしにはどうしても鳥の赤ちゃんには見えず、それにもしかすると生き返るかもしれないと思い、顔だけ出して土をかけておきました。

家に帰って夕ご飯の時に、その話をすると、やはり父は「それはきっと鳥のヒナで巣から落ちて死んだのだろう」と言いました。わたしは「鳥ではなくて、小さな人間のようだった」とくわしく説明しましたが、あまり信じてもらえないようでした。母はその時はなにも言いませんでしたが、数日のちに「おもしろいことがあったり、お話が思い浮かんだら、人には話さないで、このノートに書いておくといいよ」と厚い大学ノートを渡してくれました。母が渡してくれたそのノートは今もとってあります。表紙に幼いけれど丁寧な字で「夢の貝殻」と色とりどりのサインペンを使って書いてあります。中には動物や魔女のお話など、今読んでみると、よくある童話のようにも思えますが、ワクワクしながら一生懸命にストーリーや登場人物の名前を考えていた時の気持ちを思い出します。

その頃からわたしは本をよく読むようになりました。定期的に家に届いていた世界名作図書館や学校の図書室で借りた本を、寝るまでのあいだ、夢中になって読みました。赤毛のアン、若草物語、小公女、十五少年漂流記、長靴下のピッピ、トムソーヤの冒険、アラビアンナイトなど。

特に好きだったのは、ケストナーの「飛ぶ教室」、ハウフの「鼻の小人」やジェイムス・クリュスの「笑いを売った少年」。それから、プロイスラーの「小さい魔女」は何度も読み返し、魔女の集まるワルプルギスの夜の集まりに参加してみたいと本気で考えていました。今思うと、ドイツの児童文学が多いのは、お話に流れる自然の空気が北海道十勝に似ているからなのかもしれません。日本神話のヤマタノオロチや海幸山幸、いなばの白うさぎに出合ったのもその頃のことです。

父は高校の国語の教師でしたので、書斎の焦げ茶色のがっちりとした本棚には、たくさんの本が並んでいました。図書室で借りた「古事記物語」と同じ「古事記」の文字が、分厚い辞書に混じって並んでいるのをみつけて開いてみたことがあります。触ると破れてしまいそうな古本や、なんとなく、大人の秘密が書かれてあるような気がする題名の本も、わたしは、父がいない時に、ひとりでこっそりとながめていました。読んでもほとんど理解できないようなものばかりでしたが、それでも、「古事記」や「万葉集」「菜根譚」などの古い背表紙の記憶は、はっきり心の中に刻まれています。

古事記の朗誦をはじめるようになってから、父に頼んでその本棚にあった「古事記」を送ってもらいました。久しぶりに明治四十四年発行のその古びた本を開いた時に、子どもの頃のその部屋のたたずまいや、ひとりで遊んでいた大自然の空気が、玉手箱のふたが開いて、広がり出るようでした。

文化や芸術を生み出すような歴史的な場所や建造物、千年のむかしから続くような由緒正しき神社やお寺も、遺跡も古墳も、北海道の小さな町にはありませんでしたが、子どもの頃、大自然の中で過ごした時間は、五感のスイッチを入れる方法と、目には見えないものを捉える身体感覚を授けてくれたような気がしています。

はじまりの絵本

京都の書店の絵本コーナーで、目に飛び込んできたのは、「世界のはじまり」というタイトルの絵本でした。

手漉きの紙にシルクスクリーン印刷、手作業の製本によって一冊ずつ仕上げられたハンドメイド、中央インドの森の民であるゴンド族に口承で伝えられてきた神話が描かれています。表紙は濃い藍色、その中心に勾玉のような魚のような、胎児にも見えるような絵。世界のはじまりは水、大気、土からはじまり、時、季節、聖なる種と卵、そして色や芸術の誕生、最後は死と再生で終わります。世界のはじまりをシンプルにとらえ、素朴な繊細さで描き出していますが、手漉きの紙の風合いや手触り、インクの匂いが感覚にうったえてくるような力強さで、ゴンド族の世界観を伝える絵本です。

古事記もまた、口承で伝えられてきたものを言葉にした神話です。とらえどころのない世界のはじまりから、国が生まれ神々が生まれて、世界がまとまっていく物語が展開してゆきますが、特に上巻神代篇に古代の日本人の世界観が描かれ、三百以上の神様が登場しますが、そのひとつひとつの神々の名前は、自然の恵みや働きが感じられるようにつけられていて、古代人の言葉の豊かさに驚かされます。それは、書き記すための言葉ではなくて、音声によって伝えるための言葉ですので、響きそのものに自然の恵みや働き、その姿が感じられるのだと思います。

この絵本には、青いカラスが、天地創造の赤い地色の中心から渦を巻いて飛び立ち、螺旋状にひろがっていく大気のシンボルとして描かれています。青いカラスの絵は印象的で、そのせいでしょうか。カラスの夢をみました。鎌倉の親しくしていた山登り好きの友人と一緒に、大きな木の上でカラスと話しているという夢。久しぶりに友人に電話をすると、偶然にもその友人が登山中、めずらしいホシガラスを見たと言い、写真を送ってくれました。ホシガラスは名前の通り、黒茶色の体に白い斑点の模様が星空のように見えるのですが、翼の一部は光を放つような青色だというのです。

口承の時代から使われていた大和言葉には、古来の言葉の知恵、日本人の考え方、精神性があらわれていますが、色をあらわす言葉には見えるものをあらわすというよりも、意味やその状態をあらわします。たとえば、「みどり」は赤ちゃんを「みどりご」という言い方をしますが、みずみずしい、生き生きとした新鮮な生命の状態をあらわし、「あお」は水や大気のような大きく広がりのある自然、生命の源をあらわしているようです。黒いカラスというと、不吉でよくないイメージで使われることも多いですが、青いカラスは、明るく澄み渡った大空を自由に飛び回るおおらかさの象徴でしょうか。

カラスは、世界中の神話、伝説の中に登場します。日本の神話、古事記中巻の中では、のちに神武天皇となられる神倭伊波礼毘古命を、熊野から吉野へと導く八咫烏は、神様の使いである大切な先導役です。神武東征の伝承は熊野から吉野へ、そして宇陀へと進んでいきます。宇陀にある八咫烏神社は、七〇五年ご創建の格式ある神社です。ご祭神は建角身命《たけつぬみのみこと》、賀茂氏の遠祖です。古事記に八咫烏は鳥のカラスだと明記されているわけではなく、三本足ということも書かれてはいませんが、いつのまにか、神武東征神話を語る時には、大きな三本足のカラスが羽を広げて道を先導していく姿が浮かんできます。中国の太陽に住む三本足のカラス伝説の影響と言われていますが、神話には、伝えていくための工夫がいっぱいあるように思います。不思議な動物や、突拍子もないおもしろい出来事や不条理なことも、残酷で奇想天外なあらすじも、心に残り人に話したくなる。だから伝わっていくのでしょう。物語は伝播力が強いのです。

この世界の今は、気の遠くなるような長い時間をかけて形作られてきたのだと思いますが、実際に起こったことや目に見えること、説明できることばかりではなくて、目に見えないことも説明できないことも、ずっと伝えていきたいという思いが言葉となった神話は、その民族が何を大切にして生きてきたのかが見えてきます。

言の葉に宿る力

北海道の十勝に住む伯母から「死ぬ前に一度、会いに来てほしい」という連絡があったので、子どもの頃に過ごした小さな町に行ってきました。伯母はこの年九十二歳、わたしが大学生の時、四十六歳で亡くなった母の七歳年上の姉です。母の代わりにわたしを我が娘のように思ってくれて、たくさんの愛情を注いでくれました。新しい浴衣を縫ってくれたり、何枚もあった母の着物をわたしのサイズに仕立て直し、娘が生まれた時には産着や着物を縫って送ってくれて、年末になると、大きな新巻鮭や木箱入りのいくら、じゃがいもとカボチャは段ボール三箱、毎年必ず送ってくれます。「死ぬ前に」などというのでちょっと心配しましたが、最低限自分のことはなんでもできるし、優しい息子夫婦と一緒に暮らす伯母は幸せそうで、九十二歳にしては頭もしゃんとしていました。

「元気なうちに渡しておきたい」と小さな木箱から取り出してきたのは古い手紙でした。手紙には母が最期に詠んだ短歌がびっしりと書かれていて「手術前の歌ばかり。術後は四十三キロの体を支えるのが精いっぱい、ごめんなさい長々と、でも読んでね」と懐かしい母の筆跡の言葉書きが添えられていました。

地吹雪のかすかに聞こゆ床《とこ》の上　娘《こ》の顔に見ゆ　天井のしみ
降る雪の音なき音に目覚むれば　思ひもかけず姉枕辺《まくらべ》に
後添《のちぞ》へをもらへばいいといひながら　細き腕《かいな》を振り上げてみる

母が短歌を詠むのは知っていましたし、その紙に書かれた命の灯が消えかかる寸前の切々としたうたは最後に使っていた母の手帳にも書かれてありましたが、その中で痛々しい女心を綴ったものは初めて目にするもの。夫に対する妻としての母の姿に思わず涙がこぼれました。

短歌は五七五七七の形で表現されたもの、近世までは長歌と合わせて和歌と呼ばれていました。古事記では、神代の須佐之男命が八岐大蛇《やまたのおろち》を退治して、櫛名田比売《くしなだひめ》と出雲に新婚の須賀の宮を作った時に、雲が湧きあがる様子を詠まれた

八雲立つ出雲八重垣《やえがき》妻ごみに八重垣つくるその八重垣を

という清々しくおめでたい歌は、「出雲の道」と呼ばれ、和歌発祥の歌とされています。

御代が「令和」にかわり、その出典である万葉集が注目を浴びています。現存する最古の歌集である万葉集は全二十巻、四千五百十六首が収められています。一番古い歌は仁徳天皇皇后の磐《いわの》

姫《ひめ》の歌。最後は万葉集を編纂したと言われる大伴家持の歌。多くを占めているのは古事記の編纂を始めた天武天皇の父である舒明天皇の御代七世紀から百三十年間に詠まれたうたで、皇族、貴族、官人、僧侶の他、半数以上が作者未詳歌で庶民の人々が詠んだものです。その中には千三百年前の人々の衣食住、暮らしぶりが細やかに描かれ、恋愛や死の捉え方、たくましさやユーモア、人間の裏表の感情までが見て取れます。

富山県立図書館長を務められた廣瀬誠先生が、「萬葉集―その漲《みなぎ》るいのち」の中で万葉集を山脈に例えて、人麻呂《ひとまろ》山脈、家持《やかもち》山脈、憶良《おくら》山脈、虫麻呂《むしまろ》山脈、赤人山脈、旅人《たびと》山脈が連なり、背後に相重なっているのは、古事記山脈、書紀山脈、風土記山脈、祝詞山脈、この奥深い山路は途方に暮れることもあるけれど、目の覚めるような風景に驚き、感動し、嘆息し、興奮し、いくたび歩いても新鮮であると述べています。わたしはと言えば、そのあまりに膨大な万葉集の歌の数に気後れして、山路に踏み入ることもできないような心境でしたが、奈良に住むようになり、歌が詠まれた場所に立ち、その景色をゆったりと眺めることができるようになりました。額田王が眺めたであろう三輪山の夕景、明日香風になびく稲穂や畦道の蛙の声も身近に感じます。

七月七日には、百三十首ほどある七夕の歌から数首を声に出して詠んでみました。「歌聖」と呼ばれた柿本人麻呂の七夕の歌はその中に九十八首もあり巻十に収められていますが、巻七に「天を詠みき」と題して、

天《あめ》の海に　雲の波立ち月の船　星の林に漕《こ》ぎ隠《かく》る見ゆ

という、雲を波に見立て星の林に月の船という夜空に広がる景色を壮大に描いた歌があります。月の船というので、上弦の月、旧暦では常に七日の月ですのでこれはやはり、七夕にぴったりのうた。虫の音を伴奏に夏空に響き渡るように朗詠すると、万葉びとがたたずんだ夜の空気がそのままによみがえるようでした。

平安時代に紀貫之が執筆した『古今和歌集仮名序』に、

やまとうたは　人の心を種として　万《よろず》の言《こと》の葉とぞなれりける
世の中にある人、ことわざ繁きものなれば　心に思ふ事を
見るもの聞くものにつけて　言ひ出せるなり

とあります。和歌は人の心を種として、さまざまな言葉の葉が繁ったもの、世の中に住む人にはさまざまなことが起こるので、その思いを見たり聞いたりしたことのまま言い表したのです。ですから、和歌には、作った人の心に直に触れることができ、その時のその人の姿を見せてくれる力が宿っているということなのでしょう。

伯母からの連絡で、思いがけず母の短歌に再び出会い、最後に一緒に暮らした岩内の町に四十年ぶりに訪ねてみることにしました。子ども時代を過ごした十勝からは五時間ほどかかりますが、札幌から高速バスで二時間半、昔は札幌からでも鉄道で乗り継いで四時間ほどかかった積丹半島

の西の付け根に位置する日本海に臨む町です。バスを降りるとさわやかな夏の風、ふわっと潮の香りがして、四十年前に時計を引き戻していくように、懐かしさとともに切なさまでも湧きあがりました。母が入院していた病院も父が勤めていた高校も新しくなっていました。記憶をたどりながら住んでいたあたりまで歩いていくと、家のそばの細い小道は舗装されておらず昔のまま。その道の向こうから、両手を振って、わたしの名前を呼んで迎えてくれる満面笑みの母の姿が、はっきりと浮かんできました。そして、そのあとすーっと消えていきました。

ちゃん付けの我《わ》が名を母の声まねて故郷《ふるさと》の道でひとりつぶやく

歌に託した、いにしえ人の思い

一年前、広島で働いている長女が、遅い夏休みをとって奈良にやってきたときのことです。着いたとたんにくしゃみをし始め、帰るまでマスクが離せずに数日間を過ごしました。原因は秋に繁殖するブタクサのアレルギーではということでした。調べてみるとブタクサはキク科の植物の外来種、明治時代に北アメリカからやってきたそうです。それまでわたしは、線路わきでススキに取って代わってはびこっているセイタカアワダチソウをブタクサだと思っていましたが、そうではないとのこと。それにしてもブタクサという名前、漢字で書くと「豚草」、英語ではhog =豚、weed =草というのをそのまま訳したと思われます。万葉の時代にこんな花の名前があったら、万葉人はどんな歌にして詠んだかしらとちょっと考え、豚の歴史を調べてみると、もうすでに弥生時代には野生のイノシシではない家畜の豚が日本にはいたらしいということが、遺跡の出土などからわかっているそうです。もしかすると万葉集の中にも豚の歌はあるのかもしれません。

この頃、持ち歩きながら読んでいるのは「ポケット万葉集　万葉の花かご」（致知出版社）という本です。筆者の小柳左門先生は万葉集に造詣の深い九州のお医者さまです。はじめてこの本に出合ったのは新幹線の構内の書店、車中なにか読むものをと探している時にみつけました。京都から品川まで隣に誰もいなかったこともあり小さな声で一首ずつ朗詠、二時間余りはあっという間に過ぎました。

万葉集の持つ大和言葉の調べの美しさ、豊かさが音楽のように心に響くと筆者は述べて、島木赤彦の「事象に息を吹き入れるものは声調である」という言葉を引用し、「歌の調べを声に出して読みあげる時、歌はますますその命を耀《かがや》かせる」と書いています。ほんとうにその通り、黙って読むのと声に出して読むのでは全く違う。声に出す時には、一節ごとに音を伸ばしてゆっくりと味わってみる、すると最初は解らないと思っていた歌の内容が急にキラキラと動き出してくるのです。言葉の一音一音が自分の声に乗って響くと、景色が見え、風のそよぎを感じ、水音や鳥の声が聴こえてきて、歌の情景やこめられた思いが体中に立ち上がって伝わってきます。いにしえ人の言葉と自分自身の声によって、五感が開いていくのがわかります。

万葉集には四千五百首を越える和歌が収められていますが、その中の二千種以上が植物の歌。身分のある人ではない一般の人、いわゆる「詠み人知らず」の歌が万葉集全体の半数を占めていますので、万葉人にとって植物は、日常生活に欠かせない大切なものだったのでしょう。観て楽しむこともそうですが、季節の行事、医薬、衣食住の中で大きな役割があり、邪気を祓うとされたり結界に使われたりと呪術的、儀式的な意味合いもありました。

新元号「令和」出典の大伴旅人が詠んだ万葉集の巻五の「梅花の宴」の序文に、秋の七草のひとつが登場します。

時に初春の令月《れいげつ》にして、気《き》淑《よ》く風和《やわら》ぎ、梅は鏡前《きょうぜん》の粉《こ》を開き、蘭は珮後《はいご》の香を薫《かおら》す。

新しい春の佳き月、清々しく風はやわらかに、梅は鏡の前のご婦人が装う白粉のように美しく咲き開き、蘭は身をたきしめる香のようによい匂いを放っているという意味ですが、ここで使われている「蘭」の花は秋の七草のひとつ、藤袴のことです。「蘭」というと大きな洋花の胡蝶蘭などを思い浮かべますが、藤袴はそんな派手さは微塵もない花で、淡い紅紫色の小さな花が咲き、乾燥させると甘い香りがすることから「香草」「蘭草」と呼ばれていました。万葉集の中で使われている花の名前「万葉名」は現代のものとは違う場合があります。「朝顔」もまた、今私たちが知っているヒルガオ科の朝顔だけを指すわけではなく、木槿《むくげ》、桔梗も「あさがほ」と呼ばれていたようです。

万葉集の中には、古事記の下巻《しもつまき》に登場する仁徳天皇の皇后磐姫《いわのひめ》（古事記では石之比売命）が詠んだと伝えられる歌が五首あります。古事記では石之比売はひどく嫉妬深い女性として描かれていますが、この五首の歌もまた、狂おしいほどに恋い焦がれる気持を詠んだもの、仁徳天皇に対するものと思われますが。難波の高津の宮で天下を治めた大雀命《おおさざきのみこと》、仁徳天皇は高山にのぼって民家に煙が上がってないのを見てとり、三年間租税を免ずるという措置をとられたことから、

「聖皇」「聖帝」と呼ばれました。女性から見ても魅力的だったのだと思います、皇后である石之比売の嫉妬心は、まわりの女官や妃を寄せ付けないほど。天皇が吉備から呼び寄せた美しい黒日売は、皇后のあまりの激しさに故郷に逃げ帰ってしまいますが、天皇が妻問《つまど》いをして結婚した八《や》田《た》の若郎女《わきいらつめ》の時には、激怒した皇后は家臣の奴理能美《ぬりのみ》の家に行ってしまいます。奴理能美は他の家臣とも相談して、仲直りの口実として、皇后が不思議な虫を見に自分の家に来ているので、天皇に迎えにきていただきたいと申し上げることにしたのです。

ぬりのみがかふむし　ひとたびははふむしになり
ひとたびはかひこになり　ひとたびはとぶとりになりて
みくさにかはる　あやしきむしあり

這う虫から繭に、そして飛ぶ鳥と三度変化する不思議な虫とは蚕のこと。

四千五百年ほど前の中国の遺跡から絹織物が出土しているそうですので、蚕の歴史は古く、日本でも古事記の時代にも養蚕が行われていたのでしょうが、這う虫の姿からは想像できないような繭玉に変化《へんげ》して、光り輝く糸を吐き、その糸から美しい衣ができるのですから、今も昔も奇しき虫です。

万葉集の中にも蚕の歌があります。

たらちねの母が飼ふ蚕《こ》の繭隠《ごも》りいぶせくもあるか妹《いも》に逢はずして

想いを寄せる娘に逢えないもやもやとした恋心を、繭に籠った蚕にたとえた詠み人知らずの歌ですが、巻十二には赤絹の衣や紫の帯、高麗錦紐《こまにしきひも》、紅の薄染め、橡《つるばみ》の袷の衣などが出てきて、色彩豊かな万葉人の姿が浮かんできます。

古事記序

古事記序の冒頭「臣安万侶言す《しんやすまろまお》」の一文を橋本治さんは、少年少女向けの古事記の本の中で、こんなふうに訳しました。

わたくしは、太安万侶《おおのやすまろ》と申します。この大和の朝廷には、天武天皇、持統天皇、文武天皇、元明天皇の四代にわたって、お仕えいたしてまいりました。

いまこの書物、『古事記』を元明天皇陛下の御前にさしあげるにあたりまして、ひとこと申しあげます。（「古事記」少年少女古典文学館、講談社）

わずか一行に満たない原文の文章を冒頭にこのように訳したことは、この書物がいつごろ、どのようにしてできたのか、ということを紐解くにあたって、時代的な輪郭を示してくれるとてもわかりやすい始まりだと思いました。

今から千三百年余り前、和銅五（七一二）年に太安万侶は『古事記』を元明天皇に献上しました。そもそものはじまりはそのおよそ三十年前、天武天皇の御代にさかのぼります。それぞれの家に伝わる系譜や歴史などの「帝紀《ていき》」、古伝承や物語の「旧辞《きゅうじ》」には偽りが多く混じってしまっているので、今この時に誤りを正しておかなければ、本来の形は失われてしまう。そこで、偽りを取り除き真実を定めて、後世に伝えようと天武天皇は詔《みことのり》を下されました。

序の前半は、古事記の内容をあっさりとした端的な文章で説明し、天武天皇が壬申の乱を経て飛鳥の清原《きよみはら》の大宮において即位するまでについては、丁寧な言葉を尽くした文章の印象を受けます。そして天武天皇の詔《みことのり》があり、天皇が伝えられた帝紀、旧辞を誦習《しょうしゅう》した稗田阿礼《ひえだのあれ》についての説明と続きます。そのあとの部分には、太安万侶自身が古事記を筆録するにあたる経緯、苦労したことについて具体的に記されています。和銅四（七一一）年九月十八日、元明天皇から「稗田阿礼の誦習している帝紀、旧辞を書物としてまとめて献上するように」との勅命が下され、太安万侶が筆録を始めてから四か月後の和銅五（七一二）年正月二十八日に献上されました。

歴史書の編纂を始めてから、三十年の歳月が流れた理由はいくつか考えられますが、天武天皇が五年後の六八六年に崩御されたことがそのひとつです。天武天皇は幼い頃から文武両道、天文や占星術にも精通し、抜きんでてカリスマ性があったようです。天武天皇は側に仕える舎人《とねり》である稗田阿礼に天皇家の歴史や系譜、各地の豪族から聞いた土地に伝わる古伝承や物語を伝えました。当時、公式史書には漢文が使われていましたし、「誦習」という言葉は、繰り返して音読することですので、なんらかの資料もあったのではないかと思われます。しかし、天武天皇の伝えられた言葉をつぶさに記憶した稗田阿礼は天皇が崩御されたあとも、書物になる時を夢見ながら後世まで伝えることができるように、毎日よみ唱えていたのではないかと想像します。ですから三十年後、いざ太安万侶が筆録を始めた時には、稗田阿礼は天武天皇から伝えられた帝紀及び旧辞をすらすらと朗誦することができ、太安万侶は、わずか四か月で仕上げることができたのではないかと思います。

稗田阿礼という人物はいかなる人だったのでしょうか。

時に舎人《とねり》あり、姓《うじ》は稗田《ひえだ》名は阿礼《あれ》、
年は是れ二十八。人と為り聡明にして、目に度《わた》れば口に誦《よ》み、
耳に払《ふる》れば心にしるす。

とありますが、目で見た文章はすぐに暗誦することができ、耳で聞いたことは即座に記憶することができるような才能の持ち主だったようです。舎人という役職は男性に限られた仕事ですが、稗田の一族は天宇受売命の子孫である猿女君《さるめのきみ》に属していることや、神話を伝える語り部に女性が多いということもあり、稗田阿礼は女性だったのではないかという説もあります。

王朝文学の第一人者、歌人でもあり、神と歌の物語として「新訳古事記」を上梓されている尾崎左永子さんが主筆の「星座」という雑誌の中で先生と対談をしたことがあります。その時に仰っていたのですが、昭和二年生まれの尾崎先生が見ていた絵本で古事記を語るのは、白髪のおばあさんだったとのこと。先生ご自身は、あれだけのことを正確に記憶しているのは、女性ではな

く若い成熟した男の人じゃないかと、その頃から思っていたそうです。

わたしは子どもの頃に、古事記の語り部が描かれている絵本を見た記憶はありませんので、古事記を読むようになってから稗田阿礼について感じたのは、はっきりとした性別よりも、男性の役割もこなすことができる女性的な人のイメージです。舎人が男性の職業というのであれば、男性の肉体を持った心は女性の人です。現代でもそのような方はたくさんいますが、どちらにしても、天武天皇を心から敬愛していたのではないかという気がします。

また、古事記の原文の読み下し文を朗誦しながら感じることは、日本書紀やその他の古い時代のものと比べて格段に朗誦しやすい文章だということ。今から千三百年前の発音や詠み方はもちろん今とは全く違っていると思うのですが、声を出しながら、稗田阿礼が詠み唱えていた心に触れるような気持ちになることがあります。時として、女性の姿だったり、男性だったりする稗田阿礼の姿を思い浮かべながら、どちらにしても美しい声でよどみなく詠み唱えている心境と重ね合わせられるような心地よさがあります。声を出して歌うようにできている万葉集と同じように、古事記の原文は声に出して詠み唱えるようにできていると感じています。

古事記序に関しては、本文と文体も違うことや太安万侶が実在する人物との確証がなかったことから、誰がいつ書いたのかという疑問が長い間あり、後になってから、つけ加えられたのではないかと言われていたこともあったようですが、昭和五十四（一九七九）年に奈良市此瀬町の茶畑から太安万侶の墓誌銘を持つ墓が発見されたことで、実在の人物であることが証明されました。数年前にその茶畑に訪れたことがあります。山に囲まれてのどかに広がる茶畑の景色を眺めながら古事記序を朗誦しました。一二五〇年以上のあいだ太安万侶のお墓は、この場所で見つけられる時を待っていたのだと感慨深い気持ちになりました。序の後半に、太安万侶が書き記す文字について苦労したことが書かれていますが、それもまた、天武天皇、持統天皇、文武天皇、元明天皇の四代に渡るまで、古事記が書物として完成できなかった要因のひとつかもしれません。

池澤夏樹さんが個人編集されている河出書房新社の日本文学全集「古事記」の最初のページに、この翻訳の方針――あるいは太安万侶さんへの手紙というのがあります。

親愛なる太安万侶さま

初めてお便りします。

ぼくはあなたが生きた時代から千三百年後の世に生まれた者です。

この千三百年という数字を前にしてぼくは息を呑みます。

池澤さんが太安万侶あてに書かれたこの手紙は、友人にあてているかのような率直な文体が、千三百年という大きな垣根を飛び越してその世界に入っていけるような気持ちにさせてくれます。そしてまた翻訳の難しさを、具体例を出してひとつひとつ、丁寧に説明しているので、古事記は古めかしいもの、偏ったもの、なにかよくわからないものから、はるか遠い昔のことであり、文体も難しそうだけれど、現代の自分と繋がっている感じがして、興味が湧いてくるのです。

平成十九（二〇〇七）年、奈良県の西ノ京に建つ薬師寺の天武忌《てんむき》の法要の中で、やまとかたりを奉納させていただくことになり、古事記序を朗誦いたしました。

天武忌は、国の礎を築かれ、朱鳥元（六八六）年に崩御された天武天皇のご遺徳を偲ぶ法要で、毎年十月、天武天皇・持統天皇の御陵である明日香《あすか》檜隈大内陵《ひのくまおおうちのみささぎ》で薬師寺の僧侶達によるお参りが行われます。前夜は、境内に並べられた一千基の燈籠に火がともされ、光に囲まれた大講堂で厳かな法要と奉納が行われます。その時の天武忌以来、ご縁が深まり、何度となく薬師寺に訪れるようになりました。

近鉄線で西ノ京の一つ手前の尼ヶ辻駅で降りて歩いていくのが気持ちいいのですが、水の中にぽっかりと浮かぶような垂仁天皇陵から薬師寺に向かう道は、のんびりと穏やかな田舎道で、しばらく進んで曲がると唐招提寺があります。奈良は素晴らしいお寺、仏像がたくさんありますが、唐招提寺の境内には心惹かれる佇まいが漂っています。今から千二百年以上も昔、唐でも名僧として尊崇されていた鑑真和上が、日本に仏教を伝えるために船に乗って日本に来られました。

若葉して　おん目のしずく　ぬぐはばや

この芭蕉の句が語るように、渡航の失敗や妨害などの幾多の苦難にみまわれて、盲目になっても本願を達せられた深い思いは、今も境内に残るようです。

薬師寺は六八〇年、天武天皇が皇后、のちの持統天皇の病気平癒のために発願されましたが、ご本尊の開眼は、天武天皇が崩御されたあとに持統天皇によって行われました。ご本尊は金堂《こんどう》に鎮座される薬師如来。両脇に日光菩薩と月光菩薩。また薬師寺のシンボルのようにそびえたつ美しい二つの塔があります。東塔は近年修復工事が行われるまで、創建当時の白鳳時代の姿そのままに、空に向かってそびえたっていました。目の前ですっと立っている塔の姿は、自分自身の心の中にある原点に立ち返らせてくれるような強さがありますが、しばらく眺めていると大きな優しさに包まれるような気持ちになります。

大講堂で行われた天武忌の法要では、古事記上巻「あめつちのはじめ」、次の朝、明日香村にある御陵で行われた法要では「古事記序」を朗誦しましたが、激しい雨が降りしきっていました。

あすかのきよみはらのおほみやに　おほやしまくに　しろしめしし
すめらみことの　みよにおよびて　せんりょうげんをたいし　せんらいきにおうず
いめのうたを　ききて　あまつひつぎを　つがむことをおもひ
よるのかはに　いたりて　もとゐを　うけむことを　しろしめす

明日香の浄御原の大宮において、即位され国家を治めた天武天皇を、「海中にひそむ偉大な龍の如く、鳴り渡る雷の如く」とあらわした言葉が、わたしの声を通して、明日香檜隈大内陵に響きわたった時に、降りしきる雨の音も、いっそう大きくなったように感じられました。

「みなかのはらい」を教えていただいた日

たくさんの方々にやまとかたりを伝えてきましたが、古事記の朗誦、発声法を行う時に一緒に声を合わせた祝詞で、多くの女性が共感したのが「みなかのはらい」です。この祝詞を聞いて涙を流した人が大勢いると言うと、なんだか怪しげなものに思われる方もいるかもしれません。

わたし自身は、家の中に神棚も仏壇もあり、子どもの頃は日曜学校で「主の祈り」を唱えて、クリスマスにはツリーを飾り、お盆にお墓参りをするようなごく普通の日本の家庭で育ちました。特定の宗教に対して偏見や強いこだわりもありませんが、人の生き方に関わる哲学や宗教の思想そのものは勉強したいと思っていますし、人生の岐路で勇気や気付きをもらうことも多くありました。また、霊能者やスピリチュアルという言葉のもつ一種の危うさについても感じたりしますが、目には見えない人智を越えた力、科学では解明できないような不思議な能力もまた存在していると思っています。

古事記は、わたし達より上の年代では、戦争体験と相まってアレルギーのように嫌う人も多くいます。また、偏ったイデオロギーを象徴するかのような扱いを受けることもありますが、若い世代は、良くも悪くも全く知らないという方が多いのです。その分、古事記の言葉を新鮮に受け止めて、日本古来の祈りの言葉、あるいは音楽のような響きとして捉えたりもします。

いずれにしても言葉の叡智を感じ取るのは個人個人の感覚です。「みなかのはらい」が多くの方の共感を得たということは、この言葉に真の力があるのだと、思っています。

「みなかのはらい（身中祓詞）」という祝詞を教えていただいたのは、絵本の活動をしていた二十年ほど前のことです。ふと訪れた神社ではじめて出会った女性の神主さんと話をしていた時に、教えてくださったのです。これは、ひとり静かな時間を持ち自分の中のいやなものを洗い流すような祝詞、この言葉に、死にたくなるほどの悲しみから立ち直り助けていただいたと仰って、とても小さな声でわたしの目の前で唱えてくださいました。今でもその声の響きを思い出すことができますが、女性らしく高く透き通り、鈴の音のように震える響きがいつまでも耳に残る声でした。

あまてらしまします　すめおほみかみの　のたまはく
ひとは　すなはち　あめがしたの　みたまものなり
すべからく　しづまることを　つかさどるべし
こころは　すなはち　かみとかみとの　もとの　あるじたり
わが　たましひを　いたましむることなかれ

この言葉からはじまるこの祝詞は、「六根清浄」とも言われ、古い時代から唱えられてきた言葉です。「祝詞も神職ばかりではなく、普通の人たちも唱えるといい。太古から伝えられてきた大切な言霊は、現代の人の遺伝子にも響くようにできている。人間はオギャアと声を発して生れ出た途端に、そこに目には見えない霊魂が宿り命が動き始める。生きているということ、命があるということは身のうちに神がいるということ、だから自分の命を傷めたり汚してはいけないのですよ。人にどんないやなことをされたり、傷つけられるようなことを言われても、あるいは、自分がいやなことをしてしまっても、それにことさら感応したり反省しすぎてはいけない、いやなことに焦点をあてるとそこが育ってしまいますから。見る、聴く、嗅ぐ、言う、触れる、思う、という六感を、言葉の力でさっと流して浄めてあげれば、その感覚の元である六根はいつも清らかで綺麗。生まれもった穢れのない魂を穢してはいけません。この祝詞は宇宙から伝えられた贈り物です」と仰いました。

めに　もろもろの　けがれを　みて
こころに　もろもろの　けがれを　みず
みみに　もろもろの　けがれを　ききて
こころに　もろもろの　けがれを　きかず
はなに　もろもろの　けがれを　かぎて
こころに　もろもろの　けがれを　かがず

くちに　もろもろの　けがれを　いひて
こころに　もろもろの　けがれを　いはず
みに　もろもろの　けがれを　ふれて
こころに　もろもろの　けがれを　ふれず
こころに　もろもろの　けがれを　おもひて
こころに　もろもろの　けがれを　おもはず

そのとき聞いた祝詞の節廻しというか声の調子、音の伸ばし方は、直接体に届いて心が動き、すぐに一緒に唱えさせていただきました。祝詞の写しをいただき、その時の唱え方をあとで思い出せるように言葉の切れる場所、息継ぎ、伸ばし、揺りなど、自分なりに印をつけました。

最初のうち、その印を参考にしたこともありましたが、わたしの頭の中で常になり続けていたのは、最初に聞いた時の高く透き通るような小さな声の響きと、心を鷲摑みにされたような感動でした。

生きているといろいろなことが起こります。嬉しくて楽しくて幸せないいことばかりではなく、苦しいことも悲しいことも、生きているのが辛くなるほど悩むことも、いわれのない偏見や蔭口、大人でもいじめや仲間外れは苦しいもの、また信じていた人に裏切られたり裏切ったり、親や子ども、また夫婦間、男女の中についても、誰にも言えないような問題を抱えたりするものです。

人から受けたものばかりではなく、自分がしてしまったことを後悔し悩み続けている人もいます。そんな時にこの「みなかのはらい」を唱えると、悩みや問題がふっと些細なものに思え、楽になると同時に、体の底から力と自信が湧いてくるような気持ちになります。お風呂の中で唱えると言葉の響きが、お湯に包まれながら温かく体に伝わってきます。唱え続けて二十年になりますが、この祝詞に救われる感覚は今も昔も変わりません。やまとかたりと「音の葉発声法」とともに、「みなかのはらい」は多くの人の心に届いていますが、これだけは、口伝えで伝えなければならないものと思っています。

実技編1　あおうえい音の葉発声法

やまとかたりの会で行っている「あおうえい音の葉発声法」は、海辺で古事記の朗誦をしながら自然とできあがった、体で感じながら声を出す発声法です。

日本語は、どの言葉も長く伸ばすと必ず母音が残ります。たとえば、「あめつちのはじめのときー」と伸ばすと、「い」の音。「たかあまはらになりませるかみのみなはー」なら「あ」の音。どの言葉も「あおうえい」の音が残るのです。それぞれの音を長く伸ばしていると、自分のからだの部分にそれぞれ呼応するのを感じるようになりました。そしてできあがった発声法をやまとかたりの会などで、伝えていくようになりました。しっかりと発声することは、しっかりと呼吸することです。声を出して息を吐くと、からだの中が空っぽになる感じがします。吐いたあとには、必ず息を吸って、新しい気がからだの中に入ってきます。息を整えて、声を出すことを毎日繰り返して行っていると、からだの中の細胞が生まれかわっていくように感じます。

実際にやってみなければ、聞いてみなければわからないかもしれませんが、言葉でできるだけ、皆さんに向かって話しているような気持ちで書いてみます。

からだの力を抜いて、立ちます。

天と地をつなぐ柱をたてるように、背骨をまっすぐにします。

胸のあたりの透き通った場所に、水がたたえられているのを想像して下さい。

その水が、波立たず、澄み切った状態になった時に、声を出し始めます。

胸やお腹、喉でとか考えずに、力を入れず自然に声を出します。

あ、お、う、え、い、の順番に声を出します。

母音のひとつひとつが、からだの各部位と呼応するように、それぞれの音を出す時に、そのからだの場所を意識しながら発声します。

からだの前に大きな玉を抱えて、その玉の周りを内側から外側へ、
自分の声が丸く滑っていくように声を出します。

できるだけ長く伸ばしますが、苦しくなったら、何度息継ぎをしてもかまいません。

「あ」は、恥骨、仙骨のあたりに響かせます。

大地の力が足の裏から太腿《ふともも》を伝わって、下から吸い上げていくような感覚です。

「お」は、おへそから九センチほど下にある臍下《せいか》丹田《たんでん》に、
自分自身の強い力を蓄えるように声を出します。

蓄えられてゆく力が、∞（無限大）を描くようなイメージです。

「う」は、からだの中心、胃のあたりが、
内側に向かって小刻みに軽く振動するように声を出します。

「う」は、受け取り受け入れる力、内なる力を養う音です。

「え」は、胸のあたりから、水平に外に広がっていくように声を出します。

水が静かにあふれ出し、すべてを包み込むように広がってゆくのをイメージして下さい。

「い」は、喉のあたりからまっすぐに、光の矢のように一直線に声を出します。
「い」は、意思、意識、意見、命など、伝えていく音です。
最後は「ん」の音を出します。
「ん」を静かに頭頂部に響かせます。
声が自分のからだから離れて上のほうに向かって、天に響き渡るように声を出します。
低い音で「ん」を発声していると頭蓋骨に直接響くような感じがします。
頭のすみずみまで、音が響き渡るのをイメージしてください。

呼吸は、息を吐き、吸うこと。息は自らの心と書きますがゆっくりと意識しながら、呼吸を繰り返すと、心が落ち着いてくるのがわかります。つまり、心を落ち着ける方法のひとつが呼吸法。吐いて吸う呼吸に声をのせる。発声法をゆっくりと丁寧に行うこともまた、心を落ち着かせるひとつの方法です。声を出すことは喉を使うこと。喉の筋肉は、心臓の筋肉の次に大切な直接命に関わる筋肉です。喉の筋肉が衰えると、誤嚥《ごえん》と言って、本来食道に入るべき食べ物や飲み物、唾液が気管に入ってしまい、お年寄りは誤嚥性肺炎をひき起こすこともあります。喉を鍛錬することは誰にとっても大切なことです。

また、声は振動です。洋服のほこりやごみをはらう時には、揺すって振るいますが、声を出すことで、その振動はからだに伝わり、心やからだにたまったほこりやちりをはらい落としてくれるように思います。

実技編２　やまとかたりノーテーション

古事記の朗誦、やまとかたりの記譜を試みることにしました。

次頁に掲載したものは、「あめつちのはじめ」の朗誦譜です。抑揚や息継ぎなどを記号で表しましたが、これだけをみて、朗誦するのはむずかしいかもしれません。実際のわたしの朗誦に合わせてやってみると、意外と単純なのでわかるようになると思います。

「やまとかたりノーテーション」の記譜法を試みるとき、参考にしたものがあります。

大学院での専攻は舞踊教育学、動作学研究室に所属し、舞踊の動き、しぐさや表理動作などをテーマにしていました。今でも学会の重責を担っておられる先生は、八十歳とは思えないほど、昔と変わらない雰囲気、ざっくばらんにいろいろなことを話してくださり、「学生時代のあなたのレポートとノートがあるのだけど、あの頃、ずいぶんしっかり勉強していたのね」と見せてくれました。先生がとっておいてくださったことにびっくりしましたが、自分のものとは思えないほど、ほんとにしっかりと勉強していた、と驚きました。

その中にラバノーテーションについてのレポートがありました。舞踊の記譜法です。ルドルフ・ラバンは一八七九年ハンガリーの生まれ、一九二八年にラバノーテーションという画期的な舞踊記譜法を発表しました。コンピューターが動作を正確に記録し、ＣＧで舞踊を再現することが可能になった今でも、ラバノーテーションは示唆深いものです。

〈**記号の意味**〉●音節の区切り　⊙息継ぎ　ー音を伸ばす（脇の数字は伸ばす長さ）
∞声の限りまで伸ばす　┘ʃしゃくりあげる　◇中の母音を強調　┘軽いしゃくり、揺すり

あめつちのはじめ

あめ┘ʃ◇つちのー1はじめの●とき ー5⊙
たか●あま●はら┘にー1⊙なり┘ませる●かみのー1みなは ー2⊙
あめの●みなかぬしのー1かみ ー3⊙
つぎ┘にー1●たかみむすひのかみ ー3⊙
つぎに●かむ●むすひのかみ ー3⊙
こ┘の●みはしらのー1かみはー1みなー1⊙ひとり┘がみ●なりまして ー3⊙
みを●かくしー1たまひき ー3⊙

つぎ┘にー1くに●わか┘くー1うき●あぶらの●ごとくして ー3⊙
くらげ┘なす●ただ●よへるときに ー3⊙
あしかび┘のー1ごと⊙もえあがる●ものによりて ー3⊙
なり●ませるー1かみの●みなは⊙

うまし●あしかび●ひこぢのかみ ─3 ⊙
つぎ┘に●あめの●とこたちのかみ ─3 ⊙
この●ふたはしらの●かみも⊙ひと┘りがみ●なりまして─1 ⊙
みを●かくし─1たまひき ─3 ⊙
かみのくだり●いつはしらの●かみは⊙こと┘ ◇オ あまつかみ ─5 ●

（ひと呼吸　調子を平坦な語り口にかえる）

つぎに●なりませる●かみのみなは⊙くにの●とこたちのかみ⊙
つぎに●とよくもぬのかみ⊙
この●ふたはしらのかみも⊙ひと┘りがみ●なりまして─1 ⊙
みを●かくし─1たまひき⊙
つぎに●なりませる●かみのみなは⊙うひ┘ぢにの─1かみ⊙
つぎに●いも●すひぢにのかみ⊙
つぎに●つぬぐひのかみ⊙
つぎに●いも●いくぐひのかみ⊙
つぎに●おほとのぢのかみ⊙

つぎに●いも●おほとのべのかみ⊙
つぎ┘に●おもだるの┃¹かみ⊙
つぎに●いも●あやかしこねのかみ⊙

（調子をかえる）

つぎ┘に┃¹いざ●なきの┃¹かみ ┃³⊙
つぎに●いも●いざ●なみの┃¹かみ ┃³⊙
かみのくだり┃¹くにのとこたちのかみより●しも⊙
いざ┘なみの┃¹かみまであはせて⊙
かむよななよと●まをす⊙
かみの●ふたはしらは●ひとりがみ⊙
おの┘おの●ひとよと●まをす⊙
つぎにならびます●とはしらは⊙
おのおの●ふたはしらをあはせて⊙
ひと┘よと●まをす ┃³⊙

（ひと呼吸　調子をかえる）

ここ」に┃1あまつかみ ┃5⊙
もろ」もろの•みこと•もちて ┃3⊙
いざ•なきの┃1みこと⊙いざ•なみの┃1みこと⊙
ふたはしらの┃1かみに ┃3⊙
この」◈ただよへる•くにを ┃3⊙
つくり•かため•なせと┃1のりごちて ┃3⊙
あめ」の•ぬほこを•たまひて⊙こと•よさし┃1たまひき⊙
かれ•ふたはしらのかみ⊙
あま」の•うきはしに┃1たたして⊙
その•ぬほこを•さし•おろして•かきたまへば⊙
しほ」◈こを」ろ•こを」ろに•かき•なして ┃3⊙
ひき•あげ•たまふときに ┃3⊙
その」◈ほこの┃1さき•より•した•だる•しほ⊙
つも」りて•しまと•なる ┃5⊙
これ•おの•ごろ•しま•なり ┃∞

お寺の声明や神社の神楽歌でも、伝統的な記譜法があります。薬師寺の僧侶の方、春日大社で雅楽を奏されている方に、それらの譜面を見せていただいたことがあります。どちらも博士《はかせ》、という、まっすぐにのばす、上げて下げる、小さく山を作る、揺りを作るなどの音の出し方、節回しについての独特な記号のようなものがあります。いずれもまずは耳で聞いてから体に叩き込むように覚え、手控えとして存在するもの。西洋音楽の楽譜のように、誰もがそれを見れば、同じように歌うことができるというものではありません。

やまとかたり「あめつちのはじめ」をみなさんに伝える時は、最初にわたしの朗誦全体を聞いてもらい、そのうえで、少しずつ一緒に声を合わせていきます。基本的にはまっすぐに声を出し、少しだけしゃくるような部分がありますが、言葉の切れ目と音を伸ばす間隔、息継ぎの場所がわかると一緒に声を合わせることができます。早く覚えたいので録音したいという方もいますが、それはやめてもらっています。録音して覚えることは頭を使って理解するような感じがします。言葉の響きや朗誦の流れ、息継ぎも含めて一緒に行っていく中で、そのダイナミズムをからだが徐々に摑んでいくことが大事だと思っています。

ひとりで練習する時には、CDブック「やまとかたり　あめつちのはじめ」（冬花社）を聴いていただくようにしています。これは奄美大島で作ったものですが、インディアンフルート奏者真砂秀朗さんが演奏や録音を手掛けてくださったもので、波や風、鳥や虫の音、笛やカリンバの音と「やまとかたり」の響きが重なり、自然の中にいるようなすばらしい音作りです。

〈やまとかたりの会の参加者の感想〉

やまとかたり実技編で記譜を試みるということで、実践してきたやまとかたりの会の方々に発声法や朗誦についての感想をうかがい、以下に抄録させていただきました。記譜については、ほとんどが、まずは口伝での朗誦を重視し、記譜を見ながらだと声の出し方がかわってしまうという方もいました。そのほかここに採録することはできませんでしたが、やまとかたりとの出合い、ご自身や人生にどのような影響を与えているかなど、深い心と体の対話になっていることがうかがえました。

「『あおうえい音の葉発声法』は、声をだす以前の姿勢をととのえる大切さに気づかされます。細かい呼吸法などとらわれず、なるべく『裸の声』をみつけること。遠慮も、ごまかしも、誇張もない、ただ今の声を内側に探しにゆく。だんだん、自分と一体化してゆける感覚。

文字が出来る以前の、『言葉』の原動力には、きっと、生の音だけを頼りに近づいた方が、わかるのだろうと思えています。」（みやのゆうこ）

「心が不安に揺れるときも、やまとかたりを声に出して朗誦していく事で、いつでも私のなかにある『あめつちのはじめ』を感じ、何度でもわたしの中心に還っていくことができました。

今も、地元の海を歩くとき、自然に触れながらやまとかたり『あめつちのはじめ』を朗誦しわたしの芯に触れる日々のおかげで、二〇二〇年大きな渦を感じながらも、自分を見失う事なく、日々出来ることを淡々と暮らすことが出来ています。」（はせがわともみ）

「古代からの言霊の持つ力で、心の闇を自ら祓って、気持ちを切り替えて心地よく爽やかに生きる、という『心の扱い方への姿勢や態度』を身につけることが出来たことは、私の一生の財産です。

基本となる『あおうえい音の葉発声法』はシンプルですが、母音のもつパワー、それぞれの音が持つ別々のエネルギーがあるということを、体感することができます。」（おくだもも）

「気功やヨガの先生が一人一人に気を入れてくださる時のように心臓のあたりがびりびりする不思議な感覚（エネルギーが胸部に飛んでくる）になることもよくあります。元々呼吸が浅いので、やまとかたりをすることによって呼吸が深くなるからなのかもしれません。『あおうえい音の葉発声法』を実践して体が感じることは、体があたたまり、体幹というのかな？　体の中の見えない管のようなものがすーっと通っていく感覚がします。」（そねまどか）

「『神さまの名前を呼ぶことで、神さまがこちらを向いてくださるんですよ』と、さくら子さんが教えてくださり、なるほど、と。息吹き、響かせることで、全細胞、いのち、たましい、世界がふるえ、活性していくのだな、と体感します。」（いぬいゆうこ）

「『あめつちのはじめのとき』。語りの内容はすぐにはわかりませんでしたが、強烈なバイブレーションがカラダに走ったことを、いまでも鮮明に思い出します。『あおうえい音の葉発声法』では、意識を向けたチャクラに母音がダイレクトに響き、だんだんカラダ全体が熱くなり、声に力

がこもり、充実感を感じます。」（のぐちあき）

「あおうえいの発声をすることによって、いままで意識していなかった体の隅々まで振動が気持ち良く行き渡って細胞一つ一つを目覚めさせるような感覚になります。

『あめつちのはじめ』は抑揚をつけて声を出して読むということが新鮮で、最初は古事記の内容もほとんど分かりませんでしたが、何かとても神聖な気持ちになりました。やまとかたりの楽譜みたいなものはあった方がいいと思います。なぜ伸ばすのか、なぜここは同じ感じなのに短く切るのか、とかの説明が少しあるとなお、楽譜の意味も増すと思います。」（そねひろし）

第4章　やまとかたりの記

薬師寺は生きている

薬師寺は、いつも生き生きとしたエネルギーを感じさせてくれるお寺です。

南都七大寺の一つである興福寺と並んで法相宗の大本山である薬師寺は、たくさんの僧侶が学ぶ最高の学問寺でした。昔から薬師信仰や学びの場として、多くの宗徒が集まっていました。今も境内は法話をする若い僧侶、修学旅行生や大勢の参詣者、写経する方々でにぎわい、この寺ならではの独特の空気が流れています。

金堂の薬師三尊は、曲線的なしなやかさと堂々とした力強さに、圧倒されるほどの美しさです。近代美術の学問的骨格を築いたと言われる岡倉天心は東洋のみならず西洋にもこの仏像の右に出るものはない、と評しています。前に立つと思わず手を合わせてしまいます。柔和な表情、バランスのとれた姿形、千三百年以上も昔にこのような仏像表現の技術があったことにも驚かされますが、火災や自然災害、戦禍を潜り抜けて、創建当時の姿のまま、現在の東塔と西塔に挟まれた金堂の中に鎮座されていることは奇跡です。

薬師寺の建物は平安時代、天禄四（九七三）年の火災で金堂と東塔、西塔を残して大講堂や食堂など多くの伽藍が焼失しました。その後再建しましたが、現在に至るまで地震や火災による被災、復興を何度となく繰り返したお寺です。東塔だけが創建当初の姿のままです。薬師三尊は雨もりのするお堂に安置され、昭和初期の伽藍は今とは比べようもないほど慎ましやかだったと言います。白鳳時代のもとの姿にもどしたいという伽藍復興は歴代のご住職が抱いていた長年の夢でした。

　こうした状況の中で、昭和四十二（一九六七）年、高田好胤《こういん》師が管主になられる晋山式で金堂の復興を発願されました。それは数えの十二歳から薬師寺で育ててくれた師匠である橋本凝胤《ぎょういん》師の願いを受け継いだものでした。そのためには十億円の資金が必要、大変な金額です。

　檀家を持たない薬師寺にとっては尚のことですが、好胤管主は、ひとりひとりの写経による浄行によって行おうと決意されました。一巻千円（現在は二千円）の納経料を百万巻集めて金堂の再建を目指したのです。「この美しい薬師三尊には、ぜひとも竜宮とうたわれた昔の金堂にお坐りしていただきたい」と薬師寺に来られる方々に語りかけました。お亡くなりになられたあとも誰もが親しみを込め「好胤さん」と呼んでいますが、優しくてユーモアと機知にあふれたお人柄、好胤さんの話は誰にもわかると大人気でした。「法を説いて仏のこころの種まきをするのが坊主の役目」と常々仰っておられた好胤さんは「誰もが持っている仏心、心のオアシスを掘り当ててください」とラジオやテレビに出演され、講演会や法話の中で写経を勧め、熱いメッセージを送り続けました。

　九十三歳になるわたしの父は北海道で高校の教師をしていましたが、修学旅行の引率で何度も薬師寺に訪れました。実際に、好胤さんの「青空説法」を聞いたそうです。「好胤さんの話は面白かった、リンゴ箱のような台の上に立って話していたが、先生も生徒もみんな釘付けになって聞いていた。修学旅行の生徒たちの楽しみは夜中に騒ぐことで、昼間に廻ったお寺や神社のことも覚えてないようだったが、好胤さんの話だけは別だった、宿屋に帰ってからも生徒達が楽しそうに話題にしていたな」と、今でも懐かしそうに話しています。

好胤さんに続く薬師寺の僧侶の方々も写経勧進を継がれて、そうして五十年、写経の数は八百七十万巻に達するほど。好胤さんの計画をはるかに越えて、写経にこめられたひとりひとりの祈りの心の浄財で、金堂、西塔、中門、大講堂と再建され、とうとう食堂も完成しました。「食堂」は「じきどう」と読みます。「佛法僧」は仏教の三宝をあらわし、ご本尊を安置する金堂は「佛」、仏陀の教えの道場である講堂が「法」、食堂は「僧」で、教えを実践する僧侶の生活の場です。

食堂の内陣の設計は世界的に活躍されている伊藤豊雄さんによるもの。現代の新しさと宗教の神聖な趣きを合わせもち、天井の流れるような渦巻きのフォルムは、宇宙への広がりを感じさせてくれる未来へのメッセージのようです。ご本尊・阿弥陀三尊浄土図は田渕俊夫画伯が描かれた六メートル四方もある大きな壁画、音楽が聞こえてくるような美しさです。周りの壁には遣唐船による仏教伝来、二百年に渡る薬師寺の歴史が時空をこえて紐解かれるように、五十メートルにわたってダイナミックに描かれています。

薬師寺で平成十九（二〇〇七）年、天武忌の法要でやまとかたりを奉納させていただいて以来、別院の観月会、七夕祈願会や元三会、食堂落慶法要慶讃行事など、朗誦する機会を多くいただきました。写経にも通うようになり、花会式や玄奘三蔵会の参列などご縁も深くなりました。インド・ネパール巡拝旅や台湾のお寺での法要なども、このご縁で実現したことです。

平成二十九（二〇一七）年五月、三日間にわたって食堂の落慶法要が行われました。その時の奉納舞台「薬師寺にこめた祈り　天武と持統　歌の物語」（川良《かわら》浩和《ひろかず》作・演出）で、わたしは物語の語り手である額田王《ぬかたのおおきみ》役を務め、万葉集の歌、古事記序、東塔の檫銘《さつめい》文の朗誦を行いました。

薬師寺は天武天皇が皇后の病気平癒のために創建を発願した寺ですが、妻の病を治すだけの目的で竜宮づくりの壮大な寺ができたのか、天武天皇役の観世流の能楽師・観世《かんぜ》喜正《よしまさ》さんの舞と詞章、持統天皇役の舞踊家、尾上流三代目尾上《おのえ》墨雪《ぼくせつ》さんの長女である尾上紫《ゆかり》さんの舞が、古事記朗誦のいにしえの言葉による語りに重なりながら、薬師寺にこめられた祈りがなんであったのかを解き明かしてゆく流れです。

最初に登場したのは藍染和紙の衣を着た福西正行さん。天武天皇が助けてもらったお礼に和紙の技術を教えたという伝説の残る吉野で手漉き和紙を伝承されている方です。舞台上で、和紙をとり垂らした楮《こうぞ》の木を額田王に手渡し、その木を草木が活けられた備前焼の大甕に挿すことを、物語の始まりの露払いとしました。

天武天皇の回想の場面では、壬申の乱で吉野に逃れる大海人皇子《おおあまのおうじ》と后の鸕野讃良皇女《うののさららのひめみこ》、ふたりの道行では、天武天皇が吉野を想い詠まれた歌を、作曲家牟岐《むぎ》礼《れい》さんとその教え子の東京藝術大学大学院生の作曲によるオーケストラの音楽に合わせて朗誦し、和紙で作られた小さな散華を降りしきる雪に見立てて撒きました。

みよしぬの　みみがのみねに　ときなきそ　ゆきはふりける　まなきそ
あめはふりける　そのゆきの　ときなきがごと　そのあめの　まなきがごと
くまもおちず　おもひつつぞくる　そのやまみちを

（吉野連山の耳我の嶺には、時知れず雪が降りしきるという。とめどなく雨が降るという。その雪や雨の絶え間のないように、物思いを重ねながらその山道を辿ってきた。）

という不安な気持ちがにじんだ歌ですが、大きな目的のために、愛する妻と一緒に行動をともにする決意のような強さも感じられます。

次は国栖《くず》の天皇淵《てんのうがふち》の翁の舞から壬申の乱への場面になり、そして、天皇即位の場面からは、大極殿の儀式で使われた旗、幢幡《どうばん》があらわれ、古事記序の天武天皇即位の段の朗誦。七つの旗は、青龍、白虎、朱雀、玄武、日輪、月輪、鳳凰の文字を書家の金澤翔子さんが書かれ、古代色の復元を手掛ける染織史家、吉岡幸雄さんが染められました。

クライマックスは、時が過ぎて天武天皇が崩御されたあとの夕暮れの藤原京です。持統天皇は天武天皇の霊と対面し、薬師寺にこめられた祈りはなんであったのかという問いかけに天武天皇が答えます。面をつけた天武天皇が舞います。

中宮が病気になったので、この伽藍の創建を発願したが、本当にめざした道は、衆生を救うこと。
妻の病を癒すことは、国の民全ての病を癒すことだ。
しかし人の命は四十年あまり、
もっと、長寿の世を作りたいのだ。
そして、もうひとつ…
持統は我が子に位を継がせるため、
姉の子、大津皇子を亡きものにした。
時の流れとともに、人の心は移ろう。争いが起きる。
しかし、血の流れが染め出す歴史をやめようではないか。
人々が幸せに暮らすおおらかな時代を夢見ていた。
そうした願いを、この美しい竜宮造りの寺に込めたのだ。

天武天皇の言葉は、それを語るわたしの胸にまで重く響きます、食堂落慶法要は三日間同じように行われますので、薬師寺境内の特設舞台でも三回同じ言葉を語りましたが、天武天皇の御心が私の中に入り込むような気持ちになり、その都度胸が熱くなりました。
この舞台のためには一年前から準備を始めました。朗誦も物語の語りも体で感じ覚えなければ自分のものになりません。そのために、舞台の内容に関わるさまざまな事柄を調べ、足を運んで経験しながら、たくさんの方々に教えていただき協力していただきました。

舞台の真ん中に据えた備前焼の大甕は、岡山の森陶岳氏が作陶されたもの。五十三メートルもの長さのある登り窯で百日間薪を焚き続けて焼き上げるそうです。その中に活けていただいたのは、高取の谷口さんが集めてくださった古くから霊験あらたかと言われてきた草木です。神の降臨を促す依り代となる真竹や笹、大和三山のひとつである天香久山の波波迦の木、真っ白い花をつけた卯の花、そして、古事記の「あまのいはと」の場面にも登場する日蔭蔓《ひかげかずら》――これは特別にお願いして吉野の国栖から、運んできていただきました。日蔭蔓は、山に自生する蔓状の植物ですが、人目にたたないようひっそりとはびこって、ちょっと探してみてもそう簡単にみつけることができません。古代より呪力のある植物、結界を作り邪気を祓うものとして、また巻き付きながら長く伸びていく姿は永遠性をあらわすと考えられ、祭りや神社の巫女さんの髪飾りにも使われてきました。今でも床の間のお正月飾りに使う習慣を残しています。

吉野町南国栖、浄見原神社《きよみはらじんじゃ》は天武天皇をお祀りしています。落慶法要が行われる年の二月十一日、(毎年旧正月十四日に行われるそうですが)「国栖奏《くずそう》」という歌舞が奏上されるのを拝見しに行きました。吉野川を見下ろす崖の上の古い神社には、ご社殿を囲むように、横木から支えの柱まで、日蔭蔓が巻き付けてありました。その日は朝から寒くて、吉野に入る頃には雪になりました。神社に着いた時には降りしきる牡丹雪で、エメラルドグリーンの吉野川天皇淵の景色は見たこともないような幻想の世界でした。

吉野の国栖のあたりは、天武天皇が壬申の乱の直前、大海人皇子の時に出家して逃れてきた場所で、山の民であった国栖人は皇子を助け歌と舞でお慰めし、それが国栖奏として伝えられ残されているのです。

世にいでば　腹赤《はらか》の魚《いお》の片割れも　国栖の翁が淵に住む月
みよしのに　国栖の翁がなかりせば　腹赤の身贄《みにえ》誰か捧げむ

桐竹鳳凰の紋付の装束をつけ、烏帽子を被った翁が十二人、列をなして雪の参道を歩き、日蔭蔓の結界に守られた舞殿で、素朴で厳粛な笛、鼓、鈴の音と歌、舞を献奏されました。

腹赤の魚とは、ウグイのこと、大海人皇子は半身を食され、残った半身の魚を川に放たれると魚は勢いよく泳ぎ出したということ。これは吉兆であり戦いに勝利すると喜ばれ、この大御歌《おおみうた》を詠まれたと言います。

謡曲「国栖」には、半身の魚による占い、敵が現れた時に吉野の山の民が皇子を船にお隠しになってお救いになったこと、その時に天女が楽を奏し、舞を踊ったという段もあります。天皇淵の場面では尾上紫さんが、持統天皇からいっとき天女に変化《へんげ》して、日蔭蔓を髪に飾り、透けるような薄い布を手に持ちオーケストラに合わせて舞いました。

最後は僧侶の声明《しょうみょう》が響き渡り、未来への祈りを込めて、薬師寺三重塔の東塔の相輪支柱に刻まれた檫銘文を朗誦します。内容は「清原宮に天の下を治められた天皇が即位されて八年、庚辰《かのえたつ》の年に、中宮が病に伏され、この伽藍の造営をお始めになった。完成半ばで薨御されたので、その御意思を継いで太上天皇が成し遂げられた。先の天皇の高貴な誓願を讃え、後帝の功績を輝かせたいと思う。めざす道は衆生を救うことにある。両天皇のご功績を後の世まで伝えたい。足跡を旗に立てて顕彰し、特別な金属に刻んで、永遠の幸せ、あふれる喜びをこめて記す」と、天武天皇、持統天皇が薬師寺にこめた祈りは、衆生を救うことであると刻まれています。
「衆生」とは、人間だけでなく、この世界に存在するあらゆる生命あるものを指します。おふたりの願いは夫婦の愛を越えて、生きとし生けるものへの慈愛のこめられた気高い願いであったのだと思います。その願いは、千年の時を越えて堂々と鎮座されている薬師三尊像を通して、わたしたちの心の中に伝わってくるようです。

これ　きよみはらのみやに　あめのした　しろしめしし　すめらみことの
そくいのはちねん　かのえたつのとし　けんねのつき
ちゅうぐうの　みやまいしたまふをもって
このがらんを　はじめたまふ
しかるに　ふきん　いまだ　とげたまはずして　りょうがとうせんしたまへり
だじょうすめらみこと　ぜんしょに　したがひたてまつりて
つひに　このわざを　なしたまふ
せんこうの　ぐせいを　てらし　こうていの　げんこうを　かがやかし
みちは　ぐんじょうを　すくひ　ごうは　こうごうに　つたふ
こうちょくに　のっとり　あへて　ていきんに　ろくす

そのめいに　いはく
ぎぎとうとうたり　やくしにょらい
おほいに　せいがんを　おこし　ひろく　じあいを　めぐらしめたまふ
ああ　せいおう　あふいでは　めいじょを　こふ
ここに　れいうを　かざり　じょうごを　そうごんしたまふ
ていていたる　ほうさつ　じゃくじゃくたり　ほうじょう
さきはひは　おっこうに　たかく　よろこびは　ばんれいに　あふれむと

参列された方々と一緒に擦銘文の「ぎぎとうとうたり　やくしにょらい　おほいにせいがんをおこし　ひろく　じあいをめぐらしめたまふ」を声を合わせて朗誦し、この舞台のために作曲されたオーケストラの演奏の音色に包まれながら食堂の落慶をお祝いする舞台が幕を閉じました。

この時に、はじめて東塔の擦銘文を朗誦させていただきましたが、朗誦する時には、その言葉を何度も何度も繰り返し声に出します。はじめから意味などは調べずに、ただ声に出してみるだけなのですが、古事記の神代の物語などは、声に出しているうちにその場面が浮かんできます。今回は薬師寺東塔擦銘文についての資料をいただき、国文学の専門の先生に伺って意味を教えていただきました。意味を知ったうえで何度も詠みましたが、実際わたしの中に、この言葉にこめられた祈りの景色が浮かんできたのは、食堂落慶式当日、

ぎぎとうとうたり　やくしにょらい
おほいに　せいがんを　おこし　ひろく　じあいを　めぐらしめたまふ

この言葉を参列された方々と一緒に声を合わせた瞬間でした。目の前に、田渕俊夫画伯が描かれた食堂の中の明るく清々しい阿弥陀さまとエンジェルのような飛天の姿が浮かび、青空のかなたに日光さん、月光さんのお姿、そして檫銘の言葉を詠みあげる大勢の人々の中にお薬師さんに手を合わせる天武天皇、持統天皇のお姿が現れました。

ぎぎとうとうたり、意味を調べていた時にははっきりとわかりませんでしたが、言葉では説明することのできない尊い意味合いに、あの瞬間に気付かされた思いがいたしました。

三日間行われた食堂落慶法要には四千五百人の方々が参列されました。あの時の台本を広げると、五月の空に響き渡った人々の朗誦の声が今でも耳元に聴こえてくるようです。

薬師寺食堂落慶記念奉納舞台　2017年（李憲彦撮影）
「薬師寺にこめられた祈り——天武と持統　歌の物語」終幕場面
（持統天皇　尾上紫師／天武天皇　観世喜正師／額田王　大小田さくら子／薬師寺僧侶）

いにしえより安寧を祈る——薬師寺・東塔

「一目千本」と言われる三万本の吉野山の桜。山伝いに広がる桜色のモザイク模様は、日本一と言われるほどの絶景です。一年前から奈良住まいの九州出身の義母に、一度見せてあげたいとドライブで廻りました。見る人も少なくただ一面に咲く桜の花を、胸いっぱいの思いでながめました。「生きていたら来年も見たい」と感激してくれましたが、気持ちが晴れないのは、新型のウィルス感染が世界中に拡大しているからです。

令和二（二〇二〇）年一月下旬、「コウモリのコロナウィルスが人に感染して、中国で流行し始めた」というニュースが流れてから、あっという間に国を越えて世界中に広がり、抵抗力が低下している方、お年寄りの方々が重篤な肺炎で命を落としています。自分自身の周りに罹っている人もいませんし、実際に重症な方を見ることもないのです。それでも、毎日感染者数、死亡者数が増え続けて、確実に猛スピードで地球を覆うように広がっている事実に、日々追い詰められていくような気がします。

人から人への感染を防ぐため、目に見えない脅威に対して、わたし達ができることは、密集した場所で大勢の人たちと会うことを自粛して、出かけるときはマスクをし、手を洗いアルコール消毒をすること。外国から来た観光客でいっぱいだった奈良公園も、街中のカフェやレストラン、土産物屋からも人の気配がなくなりました。そして、ドラッグストアやコンビニからマスクがなくなりました。

二月末、まず全国の学校を臨時休校とする通達が出され、それは四月になっても延長されて授業だけでなくすべての行事、卒業式や入学式も中止となりました。不要不急の外出は自粛するよう頻繁に呼びかけられ、コンサートや舞台、美術館の展覧会のイベントも中止、デパートも土日休業です。わたし自身も予定していた絵本の講座や朗読会、やまとかたりの会も取りやめにし、食事会などみんなで集まる予定もキャンセルしました。夏に開催予定だった東京オリンピックは延期になり、経済活動はもちろんのこと、世の中のあらゆる活動が中断されています。それでも感染の拡大を抑えることができず、国を挙げてこの事態を収束させるため四月七日に、緊急事態宣言が発令されました。

こんな経験はいまだかつてないことです。この先の経済や政治、わたし達の生活も心配ですが、昼夜の別なく、命の危険と隣り合わせの戦いに尽力されている医療従事者の方々のことを思うと、早く収束してほしいと願うばかりです。

ただ、家の中で過ごす時間が与えられたことによって、自分をみつめる時間、家族を思う時間が増えました。東京で一人暮らしの娘は、家にこもって型染の作品作りをしながら、年老いた祖父母や親を心配する電話をかけてきます。広島にいる娘は仕事がありますので家にこもるわけにはいかないようですが、正確な情報を伝えてくれ、調達したマスクやアルコール消毒液を送ってくれます。家族同士も今までとは違うスタンスで互いを思い合うようになりました。

奈良時代、天然痘が流行したことで、聖武天皇は東大寺の大仏建立に安寧の祈りをこめました。安寧とは社会が穏やかで平和であることです。また薬師寺は、天武天皇がのちの持統天皇である后のための病気平癒祈願が建立のきっかけでしたが、塔の相輪支柱に刻まれている東塔檫銘文に、

福崇億劫　慶溢萬齢
（さきはひは　おっこうに　たかく　よろこびは　ばんれいに　あふれむ）

という言葉があるように、災難や疫病で苦しむ人々を救い、喜びと幸せにあふれた国にしたいという切なる願いがありました。

天武天皇は、玄奘がインドから持ち帰った「薬師《やくし》瑠璃《るり》光如来本願功徳経《こうにょらいほんがんくどくきょう》」を紐解いたことで、薬師寺建立を決意しました。そこに書かれていたのは、当時の世の中を予言するような内容で、国内外の争いや災い、皇后の疾病、そのうえ彗星の到来など星の異変についても具体的な事実と一致するものでした。そして衆生への慈悲の心を持ち、薬師如来を信仰することによって、平穏な世の中を実現できると書かれていました。頭脳明晰なうえに、直観と霊感に優れていたという天武天皇は、神や仏が人々に与える影響をすばやく捉えて、六八〇（天武九）年、「薬師如来を本

尊とする寺を建立する」ということを決意しました。場所は藤原京（現在の橿原市）、当時天皇の住まいした藤原宮のすぐそばです。しかしその六年後、今度は天武天皇ご自身が病を得て、寺の完成を見ることなく崩御されました。遺志を継いだ持統天皇によって薬師寺は完成します。都が平城京に遷ると、薬師寺も現在の奈良市西ノ京に移されました。

千三百年という永い時を経て、薬師寺の創建当時の姿を今に伝えているのは東塔だけです。その東塔に修理が必要となり、十一年前、覆いがかけられ解体修理工事が始まりました。令和二（二〇二〇）年の四月に修理は終わり、薬師寺東塔は新しく甦りました。その落慶法要慶讃奉納行事でわたしも奉納することになっていましたが、コロナ禍で延期になりました。

人と集うお花見はできませんが、義母が住む家の近くの散歩道には、桃、桜、菜の花、蓮華が咲いて、田んぼにはミツバチが飛んでいます。食料品を買いに行く途中にキトラ古墳があり、誰もいない展望台でひとり、朗誦しました。キトラ古墳には、四神、十二支、天文図、日月の壁画があります。青龍、朱雀、白虎、玄武の四神は天の四方を司る神獣です。古代の四神に届くように、疫病退散を念じて古事記「あめつちのはじめ」と万葉集数首を大きな声で詠み唱えました。

　　春過ぎて夏来るらし白たへの衣乾したり天の香具山

春が過ぎて夏が来たらしい、天香久山に純白の衣が干しているのが見える、というこの歌は、持統天皇が天香久山を前にして歌ったもの。畝傍山《うねびやま》、耳成山《みみなしやま》とともに大和三山をなす天香久山は、天から降ってきたといわれる尊い山です。そこには神さまが人々の真意を試すために、白い衣を神聖な水で濡らして干したという伝説があり、その白い衣が見えるというのは佳きことが起こる兆し、瑞祥のあらわれということです。白栲《しろたえ》は白い和紙であるのか、或いはその時季に咲く白い花、卯の花か波波迦であったのかもしれません。そしてまた、持統天皇ご自身が、邪を払い清浄を保つという白い衣を干して、人々の無事、世の中の安寧を祈ったと思われます。

外出もままならない日々。こんなことが起こるとは、数か月前までは想像もしていませんでした。どんなに科学技術や医療の研究が進んで薬が開発されても如何ともしがたいこと、防ぎようのないことが起こるのです。

わたし達の命は自然とともにある命です。今回の世界的規模での新型ウィルス感染の蔓延は、自然破壊を繰り返してきた人間優先の行動に対する警告、この地球の大いなる自浄作用による、人類に与えられた試練なのかもしれません。

わたし達の遠い祖先は、あらゆる自然界の働きを感じ取り、その叡智に対する畏怖の念と感謝の心を謙虚な気持ちであらわしてきました。日本人特有の生活リズムを大和言葉に映し、季節に合わせた暮らしの中の行事として、さまざまな習慣や風習を残してきました。命を繋ぐ米の収穫を中心とした祭りや神事を執り行い、天変地異、疫病や邪気退散を願い、神社やお寺であるいは小さな祠にさえ、暮らしのつつがなきを祈ってきました。

いにしえの歌や物語は、自然とわたしたちとのつながり、日本人のこころの原点を思い出させてくれるもの。今一度、いにしえ人の知恵を鑑みて、自分自身のこころと体の声に耳を澄ませて、自然の一部であることの意味をひとり静かに問い直してみたいと思います。試練が未来への好機となるように願いながら。

女神と龍神伝説——江島神社

平成二十五（二〇一三）年の冬、小笠原諸島付近で噴火があり新しい陸地が観測されたとのこと、テレビのニュースでちょうど、空からの映像で、海上から噴煙が上がる様子が映し出されていました。もくもくと立ち昇る白い煙の中で、今まさに海中から島が、湧き出して生まれているのがみてとれました。消滅してしまうこともあるので、島と呼べるものではないというようなことが言われていましたが、数日のうちには、驚くほどの勢いで大きくなって、すっかり島の姿になっていました。この様子を見ながら、一夜のうちに姿をあらわし、十一日間で島となったと縁起で伝えられる、一六〇〇年前の江の島を見ているような気持ちになりました。

鎌倉に住んでいたわたしは、二〇〇六年にやまとかたり、古事記の朗誦を始める前にも時々江島神社にお詣りに行っていました。まだ観光客も来ない早朝に、弁天橋を渡って島の入り口から青銅の鳥居をくぐり、江戸時代から変わらない参道の商店街をぬけて、鮮やかな朱の鳥居の階段を上り、辺津宮《へつみや》から中津宮《なかつみや》、奥津宮《おくつみや》までお詣りしながらぐるっと島を一巡りして一時間、朝露に濡れた森、神の気が漂う道をひとり歩く、その気持ちよさは格別でした。

やまとかたりを始めてからは、お詣りだけではなくお宮で奉納する機会にも恵まれました。江島神社は、「奥津宮」は多紀理毘売命《たぎりびめのみこと》、「中津宮」の市寸島比売命《いちきしまひめのみこと》、「辺津宮」の多岐都比売命《たぎつひめのみこと》の三柱の女神がご祭神です。この女神は、古事記のお話の中で、天照大御神が須佐之男命とうけひ（誓約）をされた時に、須佐之男命の剣から生まれた神様です。神と仏を同じ場所で祀っていた時代から、この清らかな女神さまと弁財天さまは同じように江の島の神様として、信仰の対象になっていたようです。

　江島神社でのはじめての奉納は中津宮で行いました。中津宮の社殿は、元禄時代を再現する鮮やかな朱色ですが、創建は八五三年、長い歴史の中で技芸の霊験あらたかと言われ、歌舞伎役者が寄進された石灯籠や、枝垂れ桜、手形などが境内に残されています。

　格天井に描かれた花や鳥の絵が、天から降ってくる美しい光のように感じられる晴れやかな拝殿の中は、二十人も人が入ればいっぱいになるほどの広さ、はじめて江の島の女神様の前で、やまとかたり「あめつちのはじめ」を朗誦させていただきました。静かな空間に、時折鳥の声が聴こえ、潮風のそよぎと柔らかな光、厳かな拝殿の中は、自然の清々しさに満ちていました。

　浄められ祈りが捧げられてきた場所には、そこにしかない神聖な空気が流れています。古来、人々は、神様からいただいた体が見えなくなる、いただいた気が枯れてしまうことを罪、穢れとして禊を行って身を浄めました。古代の禊は、朝早く太陽ののぼる海岸で常世の国から押し寄せてくる海水で行ったそうですが、四方を美しい海で囲まれた島は、そこに渡るだけで体が浄められたのです。明治時代に江島神社に渡る弁天橋がかけられるまで、干潮時、海水を足に浸し歩いて島まで渡りながら、昔の人々は潮のしぶきを浴びて浄めたからだで祈りを捧げることができました。祈ることで、自分の命が自然とつながっていることを実感していたのではないかと思います。

その後、やまとかたりの奉納に参列したいという方が増えました。参列だけではなく朗誦もしたいという方には、実際にやまとかたりの会で朗誦を体験し練習しながら、本を見ずにできることを、奉納朗誦に参加するひとつの目安としました。

二〇一一年九月、三十名の方と一緒に「やまとかたり　あめつちのはじめ」を奉納しました。場所は奥津宮、昔は本宮、御旅所と呼ばれていたところです。

江島神社のはじまりは、ご社伝に、

欽明天皇の御宇神宣により詔して　宮を島南の竜穴に建てられ　一歳二度の祭祀この時に始まる

と記されていますが、もともとは、島の裏手にある洞窟（現在は岩屋）に神様をお祀りしていました。その岩屋に、海水が入り込む四月から十月までの間、神様は奥津宮である御旅所に遷座されたそうです。多紀理毘売命は、三人の女神の中で一番上の姉神さまで、海を安らかに守る強い力がありますが、奥津宮に立つと、大きく聳《そび》える富士山に向かって、まっすぐ続く道が見えるような気がします。賽銭箱のある拝殿の天井には、酒井《さかい》抱一《ほういつ》が描いた八方睨みの亀の姿、その奥の斎庭には立派な榊の木、本殿に上る階段にはいつも光が降り注いでいる清浄な場所。百七十年ぶりに改修される直前の本殿での最後の奉納を行わせていただきました。

当日、奥津宮の瑞垣内で朗誦の途中、晴れ渡っていた空が一転して急に激しい雨が降り出しました。わずか数分の間、まるでバケツをひっくり返したような雨でした。インドの水の神、サラスバティでもある弁天さまと、雨や風、雷を引き起こす龍神さまがこちらの声に応じて、合図を送ってくれたかのようでした。あとで神社の方に聞くと「奥津宮の空だけ雨が降った」そうです。奉納に参加していたみなさんは、動じることなく、激しい雨の中、大きな声で朗誦、誰ひとりやめる人はいませんでした。

その後、何度となく江島神社で奉納させていただきました。黄泉の国から戻られた伊邪那岐命の禊でお生まれになった三柱の神様「みはしらのうづのみこ」、籠られた天照大御神の岩戸の場面「あまのいはと」、出雲の神々にまつわる「やまたのおろち」や「くにゆづり」など、古事記の中のひとつの場面の朗誦が完成すると奉納させていただきました。まずは、ご神前に曇りのないまっすぐな心で立ち、体からきちんと声が出ているかどうか、確かめるような気持もありました。奉納すると不思議なくらい、言葉が体の中に鎮まって、どんな長い朗誦でも、混み入った場面でも、すらすらと口から出てくるようになりました。自分の体が柱となって、天と地をつないで声が響き渡るような感覚、わたしの中にある古代の記憶に繋がる感覚がしました。

江島神社は弁天信仰とともに、龍神信仰も篤いものがあります。神社所蔵の江島縁起絵巻を相原宮司さまに見せていただきました。

欽明天皇の御世五五二年のこと、突然一夜のうちに海の中から島が姿をあらわし、天地震動して、十五童子を従えた天女が雲の上から降臨。四天王、竜神、水火、雷電神、鬼、夜叉たちが盤石を降らせ、海底より砂の塊が噴出。これが蓬萊が島と世に称えられた江の島のはじまり、と記されています。

また、黒雲をまとい、鬼を引き連れ、洪水や山崩れ、疫病を流行らせるなどの悪さを働き、時に子どもを食べて人々を苦しめていた鎌倉の深沢の湖に住む五頭龍。江の島があらわれた時に降臨した美しい弁財天に恋をした五頭龍は、弁財天の諫めに従い慈悲の心を持つようになり、ともに、国を守り、人々の安泰を願う五頭龍大神になった由来が描かれています。

のちに五頭龍は龍口山となっておさまり、今も地名として残っていますが、藤沢から江の島に向かうモノレールはくねくねとして、まるで龍の背中にのったような気分になります。

中空から見渡すあたりの景色が、一六〇〇年前の記憶を引き出してくれるように、茜色に染まる夕景の富士山を背に海に浮かぶ江の島、湖に住み暴れまわる龍、十五童子を引き従えた彩雲の中の天女の姿、山となった静かな龍神の姿が目の前に浮かんできます。

琴の音色はさやさや響く——淡路島

十年ほど前になりますが、国立劇場で「清元」の二大流派の共演が八十八年ぶりに開かれるということで観に行きました。七世清元延寿太夫さんの清元宗家・高輪派と三味線の四世清元梅吉さんの清元・梅派は長い間袂を分かち、おふたり一緒に舞台に立つことはありませんでした。「清き流れひと元に」ということで魅力的なふたりの共演が実現し、至高の芸を拝見することが叶いました。

延寿太夫さんの語り、梅吉さんの三味線に釘付けになり、清元社中総出演の迫力ある舞台に、鳥肌が立ちました。ふたつの流派が溶けあい、またぶつかりあうような技と歴史に感動しながら、休憩時間にロビーにいると、思いがけない再会がありました。

大学院で舞踊の表現性について研究していた時に清元の大夫さんを紹介していただき、歌舞伎座や国立劇場に通いました。劇場で配られたパンフレットの中にその方の名前があり、懐かしく思い出しながらロビーに行くと、大夫さんを紹介してくださった方と卒業以来何十年ぶりかで再会しました。会話の中で、古事記の話になりました。「薬師寺は生きている」でも少し触れた舞踊家の尾上流三代目家元尾上墨雪さんが、創作舞踊で古事記に材をとった「船と琴」を踊ったということを聞きました。それは下巻高津宮の段、仁徳天皇の御代の「枯野」という船の話でした。

言葉が美しく、心にいつまでも残るような不思議な物語。すぐに、原文の読み下し文と訳文をやまとかたりにして、朗誦するようになりました。

とのきかはの　にしのかたに　たかきありけり
そのきのかげ　あさひにあたれば　あはぢしまにおよび
ゆふひにあたれば　たかやすのやまを　こえき
かれ　このきをきりて　ふねをつくれるに　いととくゆくふねにぞ　ありける
ときに　そのふねのなを　かれの　とぞいひける
かれ　このふねをもて　あさよひに　あはぢしまの　しみづをくみて
おほみもひたてまつりき
このふねの　やぶれたるもて　しほをやき　そのやきのこれる　きをとりて
ことにつくりたりしに　そのおと　ななさとに　きこえたりき
かれうたに
かれのを　しほにやき　しがあまり　ことにつくり　かきひくや
ゆらのとの　となかの　いくりに　ふれたつ　なづのきの　さやさや

（兎寸河の西の方に、一本の高い木がありました。朝日がさすと、その木の影は淡路島に届くほど、夕日があたると、影は高安山を越えました。

ある時、その木を切って、船を作りましたら、速く走るすばらしい船ができました。船の名を「枯野《かれの》」と名づけました。その船を使い、朝な夕なに淡路島の清水を汲み、尊い神さまのお水「大御水《おおみもい》」といたしました。

時が経ち、その船が壊れましたので、たきぎにして塩をつくり、焼き残った木で琴をつくりました。琴は、神さまのことばを奏でます。そして、その音色は七つの里にわたり、遥か遠いところまで響き渡ったといいます。人々は詠いました。

船の枯野を　塩に焼き／焼いた残りで琴をつくった／さて、かき鳴らせば／さやけき由良のそのあたり／海の中に静かにひそむ／大きな石に触れて響く／波間に浮かぶ海の藻の／ゆらりゆらりとゆれながら／琴の音色はさやさや響く）

一本の高い木が、船になり、塩になり、最後には琴の音になって鳴り響く。という内容ですが、河内の国に立つ木の影が淡路島まで、また生駒山系の高安山まで届くほど大きくなるには、大変な年月がかかります。その木を切って船を作り、その船が塩を運んで壊れるまでの時も、船を焼いて塩が取れるまで海水が浸み込んでいるのですからとても長い時間です。これは古代の採塩のひとつであるといいます。

また、「こと」という言葉は、「事」であり「言（葉）」であり「琴」でもあります。古事記の中で大国主神が訪ねた根堅洲国《ねのかたす》の須佐之男命の娘、須世理毘売《すせりびめ》が持っていた「天詔琴《あめののりこと》」、また、仲哀天皇が熊曾征伐の折、琴を弾き、神がかりになった神功皇后がご託宣を伝える場面がありますが、琴は神様の言葉を伝える「のりごと」が短縮されたものであり、「こと」は神様に関わった言葉だと言われています。

悠久なる時間の流れの中で丁寧に繰り返されること、変わりゆくもの、変わらない大切なこと、自然の中で穏やかに伝えられていく日本人の精神の豊かさを感じます。その朗誦を始めた頃に、淡路島に訪ねた時、偶然、「船と琴」の中に出てくる、

あさよひに　あはぢしまの　しみづをくみて　おほみもひたてまつりき

の「御井《おい》の清水」をみつけました。おいしい湧水があるというので、海を一望できる高台にのぼった時です。水を汲もうとふと見ますと、小さな看板に、「古事記仁徳天皇の大御水」と書かれてあり驚きました。思わず海に向かって朗誦を始めますと、はるか向こうに陸地が見え、仁徳天皇の高津宮が浮かんできました。

国中《くぬち》に烟発《けぶり》たず、国、皆、貧窮《まず》し。故《かれ》、今より三年《みとせ》といふまでは、悉《ことごと》に人民《おおみたから》の課役《みつぎえだち》を除《ゆる》せ

国内に煙が立つまで課税せずと、人々の暮らしを何よりも大切に考え天下を治めた仁徳天皇が、

向こうの陸地の高台から、四方の国を見渡しているお姿が見えてきました。里山から立ち昇る白い煙までもが見えはじめ、そこに一本の高い木がまっすぐに立っています。その黒い影がこちらまで伸びてきて、時が流れるように景色を変え、木は一艘の船になりました。海上を滑るように速く走る船、岸から岸へ何度も行き来しながら、この淡路島から湧き出る清らかな御水を汲んで、仁徳天皇のもとへ届けられました。長い時を経て壊れてしまった船が、乾いた姿で浜辺に留まっているのが見えた瞬間にわたしは、「枯野」という船の名を思い出しました。「枯野」という言葉の響きは、冬の寂しさとともに、すっきりした無駄のない軽やかな姿を感じさせます。古代人が、寒くても、枯れた草木の中では生命力がふえ、蓄えている季節を「冬《ふゆ》」と名付けたように、枯れたあとには、なにかが生まれてくるのです。そうして、ほんとうに船を焼いたあとには、たくさんの塩が取れました。塩は命の源、尊いもの、その白く輝く塩の中に、燃えずに残った黒い木片もまた、尊い姿となってあらわれました。水と火と塩で浄められたその木片で造られた琴は、美しい音色を奏で、神の声となり人々の心に届いたのです。山を越えてはるか遠くまで、また深い海の底までも響き渡るその音は、さやさやと優しく静かに、今ここに生きるわたしの耳にまで、聞こえてきます。

はじめての淡路島でみつけた海沿いの「御井の清水」の源泉は、実はもっと山奥にあることが、後になってわかり訪ねました。

美しく紅葉した狭い山道は、急な勾配で歩きにくく、やっとたどりついた薄暗い林の中に、そこだけ光があたっているような小さな小屋がありました。中に入ると大きな水槽があり、岩盤からしみ出る清水がたまるように樋が引かれ、静かな水音が聞こえてきました。朝夕に、大阪から船に乗ってやってきて、森の中の坂道をのぼり、聖なる水を汲んでまた戻ることを、毎日毎日繰り返していた場所。草の匂いに風のそよぎを感じて、鳥の声を聴き、光輝く冷たい水を手に掬って口に運ぶ、五感に伝わるすべてが古代のまま、わたしのからだが溶け出して自然と一体になるように感じました。

菊理媛《くくりひめ》のことば――白山

白山は、加賀（石川県）、越前（福井県）、越中（富山県）、飛騨（岐阜県）、美濃（岐阜県）にまたがって連なる聖なる山々です。古来、神の山として、入ることが禁じられていた山を開いたのは、天武天皇十一（六八二）年に越の国に生まれた泰澄《たいちょう》大師です。

泰澄が初めて登拝したのは、夢に現れた美しい天女のお告げであったと言われています。頂上付近で祈りを捧げていると、美しい緑の池に九頭竜神があらわれ、さらにそれは、白山比咩大神《しらやまひめのおおかみ》である十一面観音に姿を変えたということ。神威の童と呼ばれ、不思議な力を持った泰澄大師は、幼い頃から、遠くに連なる霊峰をながめ、真っ白い山並みに育まれ、淀みのない心眼を得ました。越知山で修行を積んだのち、白山にこそ、清浄で神秘の力を持つ神さまがいらっしゃるに違いないと、頂上を目指しました。奈良時代から、平安、鎌倉時代にわたって、修行僧や修験者、戦国の武将、国を治める者など強い力を持つ男たちが、馬を降り山頂を目指しました。今でも馬場《ばんば》の名前が残っています。石川県側から山頂を目指す「加賀馬場」、福井県側は「越前馬場」、岐阜県からは「美濃馬場」。馬場にはそれぞれ白山比咩神社、平泉寺《へいせんじ》白山《はくさん》神社、長滝白山神社があり、そこが登拝する禅定道《ぜんじょうどう》の拠点、山の入り口になっています。

数年来それぞれの入口から、春夏秋冬の白山をながめました。はじめて訪れたのは秋、「これほどの紅葉はなかなかない」と地元の方が言っていましたが、張りつめるように空気が冷たい晴天の日でした。紅葉の山々の上に、浮かぶように連なる真っ白な山並み、新しい雪におおわれた光り輝く山肌の神々しさに胸が高鳴り、涙があふれてきました。かつてネパールに訪れた時に、ポカラから、朝日が昇るヒマラヤ山脈を拝した時、はじめて見る荘厳な光景に言葉も出ないほどでしたが、それ以上の感慨が胸を突きました。体の細胞の一個一個に潜んでいる日本人としての何かが、鈴のようにふるふると震えている感じでした。

泰澄大師にまつわるお話やそれぞれの神社の御祭神の名前などについて少しずつ違いがあり、白山比咩大神、菊理媛という女神はいつも気になる存在なのですが、つかみどころがありません。加賀の馬場にある白山比咩神社の村山宮司さまにいただいたたくさんの資料を読み、幾度も訪ねました。太古より祭祀が行われ、暮らしの中で、祈り続けてきた人々の姿が白山の遠望に浮かび、土地や歴史がどのように白山信仰をつくりあげてきたのか、人々は菊理媛という女神に何を求めたのか、訪れるたびに興味が尽きず、わたしの中で、白山そのものがどんどんふくらんでいきました。

白山比咩神社から白山街道を南下した白峰で、夏の暑い盛りに、盆踊りを踊ったことがあります。泰澄大師のお祭り「白山まつり」で、白山の開山法要が行われる七月半ばに、毎年行われているものです。ほら貝を吹く山伏が先導する泰澄行列や、泰澄が山から無事におりてこられたことを喜んで踊ったという「かんこ踊り」も山に囲まれた素朴な村の祭りという風情がありました。浴衣で一緒に踊りながら、行列を見ながら、わたしの耳には、いつでもどこでも水の流れる音が聴こえてきました。それは、大きな川に流れる水の音ではなくて、山から流れ地面の下から聴こえてくる伏流水の音でした。道路わき、家の前、横、いたるところに溝があり、そこに勢いよく山の水が流れていました。白峰は山々に囲まれた豪雪地帯、暖かい季節になって溶け出した雪が、山の清らかな水となって流れ込んでいるのだと思いました。祭りの二日目には、山の頂から、早朝汲んできた水が大きな樽に入れられて、柄杓でみんなにふるまわれます。真夏であってもその水は氷のように冷たくて、透き通った剣の刃が体の中を鋭く削ぎ浄めてくれるような、雪におおわれた霊峰白山を感じるお水でした。

白峰には、樹齢千三百年を超す大きなトチの木があります。だらだらと続く細い山道を行くと、うっそうとした手つかずの森の中に、重そうに手を広げて、静かに待つ年老いた巨人のような姿、この土地を見守るように立っています。固くて灰汁が強くて、下処理が大変というトチの実は縄文時代から食用にされていたといいます。触ると、ごつごつした形の肌がつるつるとなめらかで、ほかの木の実に比べても固く、虫が入る隙間もないような感触は、何万年前の記憶がつまっているような気がしてきます。白峰の歴史を見つめてきたトチの木にとっては、まだ新しい記憶でしょうが、明治時代の廃仏毀釈によって山から追われた素晴らしい仏像が安置されたお堂があります。林西寺《りんさいじ》という真宗大谷派のお寺です。白山御前峰二七〇二m、白山比咩神社の奥宮に鎮座されてあった銅造十一面観世音菩薩坐像、高さ一〇九cm、重さ二〇七キロもあるお像をはじめ、釈迦如来、薬師如来、阿弥陀如来、地蔵菩薩、そして、木造の泰澄大師のお坐像は、あらゆる愚行を戒めるような凛とした静かなお姿、黒い木肌が刻まれた苦難の歴史を物語っているようでした。泰澄大師開基の林西寺の住職であった河性法師《かしょう》が、ことごとく壊され廃棄される仏さまをお守りするために、この場所に運び安置されたということ、山の上に据え置いたのも大変だったと思いますが、白山の頂上からこのお像を運んだ河性法師と村の人々の深い信仰心とご苦労が偲ばれる見応えある数々の仏像でした。

福井県、越前の馬場には、平泉寺白山神社があります。

泰澄大師が生まれた麻生津《あそうづ》、幼い頃から拝し、修行を積んだ場所である越知山、そして、晩年過ごされた大谷寺《おおたんじ》のある越前町辺りから、修行され白山の頂きを目指したという平泉寺へ向かう途中、懐かしい場所に気付きました。曹洞宗の大本山、永平寺です。

永平寺には一度だけ、二十一歳の冬に訪れたことがあります。北海道生まれのわたしにとって、北陸は途方もなく遠いような、地図で確認しても想像できないような場所でした。母が亡くなって、行き場のない悲しみに打ちひしがれているときに、ふと生前の母の言葉を思い出しました。家が曹洞宗だったせいか、大晦日のＮＨＫの番組「ゆく年、くる年」で映し出される、除夜の鐘をつく永平寺を見て、「一度行ってみたいわ」と何度となく言っていた母。永平寺に母を連れて行ってあげようと思い立ちました。訪れたのは十二月末、分骨した小さなお骨箱を携え、雪深い永平寺を訪ねました。山門に立つと、真っ白い雪と凍るような冷気、観光客などひとりもおらず、ひっそりと静まり返っていましたが、お堂の中では、たくさんの雲水さんたちが裸足で境内の大掃除をしていました。つるつるに光り輝くように拭き清められた廊下の冷たさと、本堂の祭壇にちょこんと乗っている母の小さな骨箱、大きな本堂に響き渡る読経の声、他のことは忘れてしまいましたが、その様子だけは今も鮮明に覚えています。大勢のお坊さんたちの読経の声は、小さくしぼんでいたわたしの心に射した一筋の光でした。体中に響きわたった声に、生きていく力を与えられたような体験でした。永平寺から戻り、毎朝必ず、般若心経を唱えるようになりました。自分の声を出しながら、お経の言葉の響きを体で感じることが、弱くなっている心や、ぎりぎりのところでふんばっている精神の支えになることを感じていたように思います。

秋の景色の中で、雪の永平寺を思い出しながら平泉寺白山神社に着きました。苔むした参道は、まっすぐに伸びて白山につながります。古い石段を上って鳥居をくぐると左手に、高い木々に囲まれた清々しい池がありました。ここが、泰澄大師の前に女神さまがあらわれ、「白山に参られよ」と告げられた御手洗池《みたらしのいけ》でした。わたしも池のそばで手を合わせて目をつむると、静謐な空気の中、陽の光に包まれて体中があたたかくなりました。泰澄大師に降り注いだ陽の光もまた、千年かわらずに、ここに降り注いでいるのだと思いながらしばらく座っておりました。そのあと、拝殿でお参りをしてからいくつかのお堂を廻りました。裏手の山道を行くと、白山の登頂口です。木々の緑が重なり合って、神の森の深い霊気が漂っています。声を出してみると木霊が聴こえました。白山の女神さまに届くように、大きな声でしばらくやまとかたりを行いました。胸の奥の声が森の主の声と呼応しあっているような感覚が一層強くなりました。

参道を降り戻るときに、体長十五センチほどのうっすらピンクがかった色合いの小さな蛇がまるで、石段を一緒に降りるようにあらわれました。ちょっと話しかけてみると、蛇は一瞬首を挙げ挨拶をしたように見えました。そのあと、すーっと石垣の隙間に消えていきました。

岐阜県の「美濃馬場」には長滝白山神社があり、白山登拝の入口には白山中居《ちゅうきょ》神社があります。そのあたりは白鳥町ですが、白山中居神社の住所は白鳥町石徹白、白のつく地名が重なります。

石徹白《いとしろ》は、「いとしろし」という意味があり、菊理媛の神話に出てくる、千引岩の「石」、別れの言葉を言い渡す事戸《ことど》の「と」、白い雲の「白」からとったということです。

白山中居神社に向かう石徹白の上在所に、道路を渡ってしめ縄がはられています。神域の印で、その上在所のすべての家が社家であり、道もまた神道です。景行天皇の御代に創建された神社は、まっすぐに伸びた杉木立が仙境のような趣、澄んだ水が勢いよく流れる川にかかる橋を渡ると、巨木に囲まれた拝殿の赤い屋根が見えてきます。そこには祭祀場だった磐境《いわさか》が古代の厳粛な空気そのままに残されています。

白山中居神社の境内にかかる橋は四十年ごとにかけ替えるといいますが、橋は布橋と呼ばれ、白い布を長く引いて、結界を渡る儀式があるそうです。白は無垢をあらわし、すべてを包み込んで隠してしまう潔さ、すべてを浄めてしまう清らさかを持っています。また、とてもあきらかで強い孤高の精神、凜とした信念のようなものさえ感じる色、生まれた時の産着や結婚式、お葬式に白い服を着るように「生と死」をあらわす神秘の色でもあります。このあたりを廻っていると、白という言葉がつきまとうように気になり、白い色と菊理媛の力がどのように関わっているのかと考えるようになりました。

菊理媛神については、日本書紀の巻一の一書に、短い文章で記されています。

是時、菊理媛神、亦有白事
（このとき、くくりひめのかみ、またまをすことあり）

「まをすこと」の中身は書かれていません。

古事記に菊理媛の名前は登場しませんが、日本書紀と照らしてみると、場面としては黄泉の国、伊邪那岐命、伊邪那美命おふたりの別れの時に登場することになります。

伊邪那美命を追って、黄泉の国に行かれた伊邪那岐命は変わり果てた女神の姿をご覧になり、思わず逃げてしまいます。恥をかかされたことに腹を立て、追いかける伊邪那美命、この世とあの世の境、黄泉比良坂でふたりは千引岩を挟んで、別れの言葉を言い交します。

すなはち　ちびきいはを　そのよもつひらさかに　ひきさへて
そのいはをなかにおきて　あひむきたたして　ことどをわたすときに
いざなみのみことの　まをしたまはく

うつくしき　あがなせのみこと　かくしたまはば　みましのくにのひとくさ
ひとひに　ちかしらくびりころさむ　とまをしたまひき
ここに　いざなきのみことの　のりたまはく
うつくしき　あがなにものみこと　みまし　しかしたまはば　あれはや
ひとひに　ちいほうぶやたててむ　とのりたまひき

(「愛しい伊邪那岐命よ、このような仕打ちをなさるのなら、わたくしは、あなたの国の人々を、一日に千人、縊り殺します」という伊邪那美命のことばに、伊邪那岐命は答えます。「愛しい伊邪那美命よ、あなたがそのようなことをなさるのなら、わたくしは、一日に千五百の産屋を建て、子を誕生させましょう」)

事戸を渡す時に言い放った女神伊邪那美命の言葉は、内側にこもるうらみ、つらみ、陰性の攻撃です。それに対して、男神伊邪那岐命が答えた言葉は、建設的な言葉のようにも思えますが、女神の気持ちを逆なでするようなプラス思考、陽性の反撃です。

そもそもふたりの神さまは、たくさんの国を生み神々を誕生させました。最後に火の神を生んだことにより、黄泉の国に旅立ってしまった伊邪那美命。怒りのあまり、伊邪那岐命は火の神を殺してしまうほどでしたが、あきらめきれずに女神を追いかけ、黄泉の国で変わり果てた姿を見たとたんに逃げ出してしまいました。男神にとっては、正直な思いだったのでしょうが、女神にとっては屈辱的な態度でした。黄泉の国まで追いかけてきた男神の気持ちを、優しく受け止めていた女神は一転して、逃げ出した男神を追いかけていきます。追えば追うほど男神は逃げます。最後の別れの時のふたりは「愛する女神よ」、「愛する男神よ」と呼びかけますが、愛するがゆえに生じる性の違いのようにも思います。どこまでいっても男女の間には、越えることができない深い河が流れているような、相容れない部分が存在するのです。そして、違うものだからこそ、融合した時には新たなものを生み出せるのだと思います。

古事記では、千引岩でふたりが事戸を渡したあと、さーっと場面が変わります。そのあと、伊邪那岐命は黄泉の国から帰り戻って、「筑紫の日向の橘の小戸の阿波岐原」で禊を行い、三柱《みはしら》の貴御子《うずのみこ》が誕生し、左の眼を洗ったときに誕生したのが天照大御神、右の眼からは月読命、鼻からは建速須佐之男命が誕生します。この部分を読んでいると、なにか、伊邪那岐命ひとりで三柱の尊い神さまをお生みになったように感じますが、後に、須佐之男命が、黄泉戸大神である母の国、根之堅洲国に行きたいと大騒ぎをする場面があるように、伊邪那美命が母神ということになっているのです。

事戸を渡したあとに、黄泉比良坂でいったい何が起こったのでしょうか。

日本書紀でここにあらわれるのが菊理媛です。ふたりの神さまの前で何かひとこと言葉をかけ、伊邪那岐命、伊邪那美命は和解しました。折口信夫は、菊理媛を、黄泉の国に行き穢れを受けた伊邪那岐命に対して、禊をすすめ浄化させた女神としています。

白鳥町には、たくさんの縄文土器が発掘され、前田遺跡からは矢じりや石斧など、狩猟に使う道具のほかに、祈りや祀りに使われていたと思われる勾玉や管玉《くだたま》、首飾り、冠などが多数出土しています。一万年前の時代から、火や水、山や太陽、巨岩に祈りを捧げて生活してきた様子がうかがえます。人々が生活を守り、家族をつくり子孫を増やして命をつないでゆく信仰の対象、男女の諍いを洗い浄めて、新しい命を生み出すために菊理媛という女神が存在したのかもしれません。

白山を巡り、訪れるごとに、その菊理媛の姿、ことばが浮かんでくるようになりました。

このとき　くくりひめのみこと
いざなきのみこと　いざなみのみこと
ふたはしらのかみに　のりたまはく
もろもろのけがれ
きよきみづにくぐりて　はらひたまへ
また　もろもろのわざはひ
しろきいとにて　くくりたまへ
みそぎたまひ　しずめたまへば
かれ　そのときに　いざなきのみこと　よみがへりて
うづのみたま　ふるへ
ゆらゆらと　ふるへたり

うづのみたま　ふるへ
　ゆらゆらと　ふるへ

ふと口をついて出てきた菊理媛のことばは、白山の景色とわたしの思いが重なったことばです。いろいろな場所で唱えました。白山修験道の行場で「水のみなもとに神が住む」と言われる瀑布、阿弥陀ケ滝で、白山登山道の入口、四百二十段の階段を上ったところにある、「木の神さまだ」と立ち尽くすほどの巨大な、樹齢千八百年の大杉の前で、瀬織津比咩《せおりつひめ》神の岩が鎮座する清流に入り、白い山に囲まれた何千年と変わらない景色の中で唱えました。自分の声が響き渡ると、山の頂を目指し、女神に救いを求めた人々の思いが胸に湧き上がってくるような気がしましたが、それは自分自身の心の中にある闇と光なのだと思います。

陰と陽、過去と未来、善と悪、男と女、あの世とこの世、異質なものを統合する括《くく》りが必要な時、新たな時を迎える時に、古い考えや確執を乗り越えて、相対するものを結びつけるために、すべてを水に流し、本来のあるべき魂の姿に立ち返りなさいという、禊祓い、括り結びの言葉を菊理媛は発したのだと思いました

白は、清浄、再生の象徴となる菊理媛の色、何度となく訪れた白山で、自分自身を祓い浄める菊理媛のことばにたどりつきました。

天川縁起――吉野・天河大辨財天社

平成二十八（二〇一六）年十月九日（旧暦九月九日）、天河大辨財天社《てんかわだいべんざいてんしゃ》の重陽の節句祭で、尾上墨雪さんの舞とともに、やまとかたりの奉納、「天川縁起」と「高倉下《たかくらじ》」を朗誦させていただきました。天河大辨財天社は、天河神社とも呼ばれています。

尾上墨雪さんは、六代目尾上菊五郎が家元として創立した尾上流三代目の家元、二十一歳の時に尾上菊之丞として家元を継がれた方です。

三十年以上前、わたしがまだ大学院生の時に、研究室で初めてお会いしました。大学の研究室は舞踊の表現動作を研究する学科で、お能や歌舞伎、バレエやコンテンポラリーダンスや、舞踏や民族舞踊など和洋問わずさまざまなジャンルの舞踊を見る機会がありました。また実際に活躍されている能楽師や舞踊家の方が授業の講師として教壇に立たれることもありました。菊之丞さんは当時から日本舞踊の静かなイメージよりも、自由で常に新しいものに向かっているような生き生きとした雰囲気がありました。研究室では、教授が行っていた実験の被験者になって、動きの解析をするための器具を体に取り付けてカメラの前に立っていたりすることもあり、いつも笑顔で楽しそうな様子だったことを覚えています。三十年ぶりにお会いした時の笑った表情は、若い頃とまったく同じでした。

天河神社での奉納は、前日から雨の予報でした。当日も朝からどんよりとした雲が広がり今にも降ってきそうな空でしたが、結局雨は、ご神事が終わった時に降り始めました。

奉納前日は朝早く天川村に入りました。大神《おおみわ》神社、石上《いそのかみ》神宮にお参りをして、明日香村から芋《いも》峠《とうげ》を越えて宮瀧《みやたき》、桜木神社、紀伊山脈の大峰山の麓にある御手洗《みたらい》渓谷に降りて、河原で声を出しました。巨岩におおわれた渓谷の澄んだ翡翠色の水に足をつけると、からだが軽くなったようにすっと清浄な気持ちになりました。

天河大辨財天社がある天川村は、吉野側から入っても熊野側から入っても奥深い山に囲まれた秘境の地、古来より多くの貴人たちの隠れ里として、仏教伝来以前の自然信仰、山岳信仰の修験道の聖地でした。今もなお、なにか不思議な力を感じて、多くの人が、交通の便のよくないこの地にお参りに訪れます。

柿坂神酒之祐《かきさかみきのすけ》宮司は、役行者《えんのぎょうじゃ》先達、賀茂族発祥の前鬼《ぜんき》の子孫と言われています。節分の前の晩、「鬼の宿」という鬼を迎えるご神事が宮司の家で執り行われます。一度参列させていただいたことがあります。鬼に休んでもらうための布団を敷き、足を洗うための御水も用意して、朝まで寝ずに番をする独特な儀式です。外は凍るように冷たい雪景色で、夜が更けると鬼が実際にあらわれるような気がしましたが、宮司さまの家の中の暖かさ、お供えのおいしそうなおにぎりは、親戚の家に伺った時のような懐かしさを感じるもので、ご先祖様を歓迎する優しさと春を待つ喜びに満ちていました。

宮司さまから、役行者と「鬼の宿」のご神事について伺いました。

「大峰七十五靡《なびき》を開山した役行者は、葛城王朝の血族です。母である初花姫が天河の斎庭にぬかづかれた時に、天河の神より御鏡と十五の神を拝受され、葛城に戻ったのちに孕み、一男が誕生、清麻呂と名付けられたのが後の役行者です。初花姫は御鏡と十五の神を役行者に託し「斎き祀れ」と言い残し、天上界に帰られます。役行者はこれを斎き祀り、葛城二十八宿を開かれました。役行者は岩橋の正面に高く聳える珠のような弥山と誓約《うけい》をされ、熊野から大峯の山々を歩き、弥山頂上に到達した時、その御鏡を斎き祀り弁財天（天照比売）を感得し、下り天河社壇に向かい弁財天を祀られました。目に見えない神を形としたのが弁財天であります。役行者の道案内をしたのが前鬼であります。それで、天河では、鬼（神）を迎えるという神事が節分の前夜に行われており、幾重ものさらしを被せた上から桶に水を入れ、ふた組の布団の横にひと晩置いて、早朝その桶の中の水を十四枚のさらしで濾して、そこに鬼（神）の訪れた痕跡があれば、節分祭主はその年の一年間は神事を執り行うことができる印とする厳粛な神事であります」

宮司さまご自身もまた、不思議な空気を纏った方です。いつもにこにこと笑顔で迎えて下さるのですが、こちらが思っていることを口にする前にさっと仰られたり、世の中で起こっていることを、宮司さま独特の表現で神話のように説明して下さいます。神職になられる前の若い頃には医学を志したり、アマゾンの秘境で暮らしたりしながら、また修験道の修行も数多くされてきた方です。

何度もお目にかかっていましたが、たくさんの方と会っていらっしゃるので、わたしの名前を覚えてくださっているのかな、と思っていた時に、宮司さまのお部屋に大きな山桜が活けられていたことがあります。「さくら子さんがいらっしゃるので、ぴったりだと思って今朝活けたんです」と仰ってくださいました。また、やまとかたりの奉納については、とても喜んでくださり、日本人の魂を振るわせる言葉の響き、大きな声で古代の言葉を朗誦すること、女性の力、女神の力が今この時代にとって大切だと仰って古事記の神様の系譜や、日本の言霊の発生原理などについて、宮司さまご自身が著された文献をいただきました。また、朗誦をご神事の中でどのように行うか、丁寧に考えてくださいました。重陽の節句の前に、鎮魂殿の竣工奉祝祭での奉納もあり、この年は打ち合わせも含め、二月、四月、六月、九月、十月と、移り変わる天川の季節を肌で感じながらお詣りに伺いました。

六月十七日は、五年前に集中豪雨で流された禊殿《みそぎでん》の修復が完了し、新たな鎮魂殿《ちんこんでん》としての奉祝祭で、古事記朗誦やまとかたり「高倉下」を奏上しました。禊殿は平成元年に本殿のご造営の時、旧神殿の一部を禊殿に移築されました。禊殿のご神体は高倉山で山頂は禁足地となっています。集中豪雨のあとで伺った時には、辺りがあまりに変わっていて驚きました。ただ、そのために、深い森に囲まれていてよく見えなかった高倉山があらわになり、五色に輝くクリスタルでできていると伝えられている尖った姿形が見て取れました、高倉山と御祭神の一柱、経津主神《ふつぬしのかみ》について、神社の由緒にはこのように書かれています。

「高倉山は、二億五千万年前日本列島に最初に隆起された神奈備《かんなび》であり、日本最古の御山（磐境）であります。弁財天の鎮まります琵琶山と共に、仰ぎ尊び奉られた聖山であります。神武天皇が天河社琵琶山に祈られた時にヒノモトと言霊を奏上され日本と命名された重要な斎庭であり高倉の御山は布津御魂《ふつのみたま》の剣神宝《かんだから》を奉り全ての天災　地災　人災を鎮め申す御稜威《みいつ》を賜る大神様であられます」

長い時を人は自然と共にあり、あらゆる生命と妙なる調和をもってつながっています。自然の脅威を謙虚に受け入れ、恩恵に感謝しながら生きてきました。人間が傲慢になってしまわないように、神話やいにしえの言葉の響きは、からだの奥で、静かに語り継がれてきた命の物語にスイッチを入れてくれて、その大切さに気付かせてくれるのです。

古事記中巻《なかつまき》のはじまりは、後に神武天皇になられる神倭伊波礼毘古命《かむやまといわれひこのみこと》が国を治めるために日向から東に向かうところ、一行が、熊野についた時に、大きな熊があらわれ、あらぶる神の毒気にあてられてみな倒れ伏してしまうところから始まります。

かれ　かむやまといはれひこのみこと　そこよりめぐりいでまして
くまぬむらに　いでませるときに
おほきなるくま　やまよりいでて　すなはち　うせぬ
ここに　かむやまといはれひこのみこと　にはかにをえまし
また　みいくさ　みなをえて　こやしき

このあと、天照大御神が建御雷神《たけみかづちのかみ》にお命じになり、高倉下に布都御魂《ふつのみたま》が宿る剣をお下しになったというところまでの朗誦です。

鎮魂殿奉祝祭で奏上した「高倉下」の朗誦を、十月の重陽の節句でも、行わせていただきましたが、その時に、これまで人の目に触れられないように大切にしまわれていた布都御魂の宿る神剣を持たせていただくことになりました。また、神社に古代から伝わるご神宝である青銅色の「五十鈴《いすず》」を振らせていただくことにもなりました。この「五十鈴」は、天岩戸に籠られた天照大御神を引き出すときに、天宇受売命《あめのうずめのみこと》が踊りながら振ったと言われるものとして伝えられ、本殿から外には持ち出すことはできないそうです。

当日、重陽の節句は、宮司さまが笛を奏し修祓《しゅばつ》の儀からはじまり、献饌《けんせん》の儀では、お酒に菊の花弁を散らした菊酒が献上され、美しい儀式が丁寧に執り行われました。奉納の儀では、最初にわたしが本殿に上がり五十鈴を振ります。拝殿は、いつもお詣りする賽銭箱のある場所から階段を上り、その天辺にあります。玉串奉奠《たまぐしほうてん》の際に特別にあがることの許される拝殿、献饌台の先には玉砂利が敷かれ、玉垣に囲まれた真名井《まない》（磐座《いわくら》）が鎮座され、その奥に本殿があり、御簾の内に弁財天様がいらっしゃいます。

拝殿から玉砂利に降りて、禰宜さんの先導によって、はじめて本殿に向かうとき、御簾の内に鎮座されている弁天様をこんなにも近くで拝見できることを思い、緊張のあまり顔をあげることができずに進んでいきました。そして、本殿の階段を数段あがり顔を上げた瞬間、目の前の思いがけないものにわたしは、はっとして息を飲みました。弁天様の像の前に立ったわたしの目に映ったものは、丸い大きな神鏡に映っていたわたし自身の顔でした。その時、なんだか、固くなっていた気持ちがほどけて笑い出しそうになりました。

拝殿に戻り、墨雪さんの舞いとともに、「天川縁起」の朗誦を奉献致しました。

きしゅうてんかは　えんぎのこと　あいつたへていはく
きしゅうてんかはは　むかし　こすいたいかいなり
このちに　ぜんあく　にりゅうあり
このあくりゅう　ばんみんをなやまし　そこなふ
ここに　をふなみかみ　すくなみかみ　ふたはしらのかみ
じひをはっし　あくりゅうを　こうふくせしめしとき
かのあくりゅう　しゅつげんして　どくけをはく
このとき　をふなみかみ　めいらんして　ぜつにゅうす
ぼさつ　すくなみかみ　やめやをもって　あくりゅうの　こうちゅうにいいる
そのとき　このあくりゅう　こうふくせられて
みづうみを　やぶりて　たいかいに　いりをはんぬ
そのからだをして　こすいをまき　こくうにのぼる

そのすいしつ　かたまりて　たいこうとなる
いま　てんかは　これなり
そのときのぜんりゅうは　すなはちこれ　だいべざいてんにょこれなり

「天川縁起」の前半はこのようなものです。原文の出典は、大正新脩大蔵経《たいしょうしんしゅうだいぞうきょう》の渓嵐拾葉集《けいらんしゅうようしゅう》です。この縁起との出会いも幸運ないきさつがありました。

春に東京青山の銕仙会《てっせんかい》能楽研修所で『能「江野島」の魅力を探る』という講座と能鑑賞がありました。五頭龍と弁天様が登場するお能の「江野島」は、十九年ぶりに上演されるということ、その講座で能楽研究の本を数多く上梓されている大学の先生が、中世の龍神・弁財天信仰、また数多くの縁起にまつわる資料を配布してくださいました。その中に、天川縁起についての記述「紀州天川縁起事　相傳云」が載っていたのです。ちょうど、天河神社に訪れ、重陽の節句祭でのやまとかたりの奉納が決まったばかりの時でした。鎮魂殿のご神体である高倉山の神様、経津主神にまつわる古事記の朗誦「高倉下」のほかに、天河辨財天についての縁起の朗誦ができないだろうかと考えていた時でした。漢文で書かれた原文の内容を、即座に理解することはできませんでしたが、講座の最後の質疑応答の時に、この文献の出典を尋ね、天川縁起が大正新脩大蔵経の渓嵐拾葉集に載っているということがわかったのです。

これはいったいどこで探そうか、と思いながら次の日に、円覚寺の老師さまのところに伺い尋ねてみました。すると、老師さまは「それなら伝宗庵の書庫にそろっているので探してみるといい」とのこと。わたしにとっては、初めて見るめずらしい書名でしたが、お坊さんならだれでも知っているということで、書庫に入り探してみると、「大正新脩大蔵経」は全部で百巻近くもある全集で一冊の大きさも両手で抱えるほどのものでした。「天川縁起」が七十六巻にあることがわかり、原文を目にすることができました。

そして、原文をもとに、国文学の先生に教えていただき訳文をつくりました

「紀州の天川の縁起として伝わっていることには、昔、紀州の天川のあたりは大きな湖でありました。そこには二匹の善龍と悪龍が住んでおりました。悪龍はそこに住む人々を困らせ、悪さを働いておりました。あるとき、大汝と小汝の二柱の神様は、慈悲の心をもって、悪龍をこらしめようといたしました。しかし、悪龍は毒気を吐きながら出てきましたので、大汝は、その毒気に当てられて気を失ってしまいました。菩薩である小汝は、八目矢を持ち、悪龍の口の中に矢を放ちました。そのとき、悪龍は降参して湖に飛び込んで深く水底に沈んでしまいました。その大きなからだは、湖水の水を全部巻き込んで空の上までのぼり、湖はすっかり大地となりました。今の天川がこれであります。そのときの善龍がまさしく天河大辨財天女なのです」

天川の縁起として伝わっている内容は、他にもいくつか本で読んだ記憶があり、いろいろなものがあるようでしたので、宮司さまにそのことをお話しすると、「縁起とは、縁を起こすものなのです」と仰いました。わたしがたどりついた縁起は、これからわたしが伝えることによって、わたしと天河神社、また、わたしと聞いて下さる方々との間に縁を起こし、繋げていってくれるものなのだ、と思いました。

そうしてそのご縁ははるか遠い昔、神様への崇敬を、天川縁起として言葉で顕した方々からはじまり、大蔵経に掲載した江戸時代の方々、縁起について教えて下さった方々、天河神社の方々や、この奉納に関わってくださった方々に思いをはせることが、縁起を行う意味のような気がしました。

よみがえる春日の朱色

平城京の守り神として神護景雲《じんごけいうん》二（七六八）年、御蓋山《みかさやま》の麓にご神殿を造営して神様をお祭りしたのが春日大社のはじまりです。それ以後、千二百年にわたって二十年毎の式年造替が行われてきました。平成二十八（二〇一六）年は第六十次式年造替の年です。何年も前から準備をはじめて神様のお住まいになる御殿を建て替え修理するのですが、常に清浄な状態を保つための日本の歴史と風土に根差した伝統的な行事です。それはとりも直さず、いつもお守りいただいている神様に対して、美しい場所にお住まいになっていただきたいという、古来より続けられてきた感謝の心のあらわれです。

式年にて六十回を越す御殿の建て替えを行っている神社は、伊勢神宮と春日大社だけです。伊勢神宮で行われている式年遷宮との違いは、簡単な言い方をすると神様のお住まいのお引越しがあるかないかということで、春日大社は御本殿の場所の遷移はされませんが、檜皮葺《ひわだぶき》の屋根が葺き替えられ、丹塗りの朱色が塗り替えられ、きれいによみがえります。その清々しい朱色は四柱の神様がおられる国宝のご本殿には本朱《ほんしゅ》が使われます。

丹塗りは鳥居などに見られる昔から行われてきた塗装の方法のひとつです。赤い色は神性や不変性をあらわし、邪気を祓うとされる色、実際にも材料に金属が含まれていることから丹塗りは虫食いや腐食から守る効果があります。その方法は現代的な塗装に比べて手間も費用もかかります。その中でも本朱は、硫黄と水銀が含まれているからでしょうか、他の朱色とは一目瞭然で色が違う、濃く美しいばかりではなく深みのある穏やかな朱色です。造替に必要な本朱の量は百キロ以上、傷んだところ、虫喰い部分を修復しながら塗装してゆく難しい技術も必要ということです。檜皮葺きも本朱の技術も、調度品や祭器具の造り替えも、伝統技術の継承という点でも大切な行事です。

春日大社には国宝が三百五十四点、重要文化財が千四百八十二点あり、神社界でも屈指の文化財保有数で「平安の正倉院」とも呼ばれています。その中でも最高の神宝と言われている「金地《きんじ》螺鈿毛抜形太刀《らでんけぬきがたたち》」、平安時代に左大臣藤原頼長によって寄進されたこの太刀も科学的な調査の上、新しく復元されることになりました。鋭く美しい太刀は、真っ黒いごつごつした鋼《はがね》の塊を何度となく鍛錬することによって、静謐な光を放つような刃となります。数年前に山の辺の道にある月山日本刀鍛錬道場のご当主、月山《がっさん》貞利さんに刀ができる前の玉鋼をみせていただき、その工程について伺ったことがありますが、想像をはるかに越えたたいへんなお仕事、人を守る刀は日本人の精神性の象徴であると同時に、人の命を奪う武器にもなります。すさまじい覚悟がなければつくりだすことのできないもの、工房ではなく鍛錬道場という名前の意味とその重みを感じました。

春日大社のご祭神である第一殿の武甕槌命《たけみかづちのみこと》、第二殿の経津主命《ふつぬしのみこと》、どちらも武勇の神様で刀にまつわる古事記の話に登場します。その場面、「国譲り」と「高倉下」では、神社に奉納された刀匠・有俊作の直刀を持たせていただいて朗誦することになりました。刀身の長さ六十五センチ、実際に紙に落とすとスパッと切れる刀です。

春日大社には一年間に二二〇〇回もの神事が行われているそうですが、大切な祭事の前には宮司さまはじめ神職の方々は一か月前から精進潔斎をして臨まれます。間近になると神社にこもれ、外との接触をさけて、清浄なからだで神様にご奉仕させていただくのです。

二十年に一度の式年造替の年に、春日大社本殿前、林檎の庭で「古事記朗誦・やまとかたり」の奉納をおこなわせていただくことになりました。記念奉納をさせていただくと決まってから、何度となく神社に伺い準備を重ねました。大切なお祭りやご神事にも参列させていただきました。春日大社には、三十万坪の原始林が残っています。八世紀の日本の人口が四五〇万～六五〇万人の時、平城京には八万人から十万人の人が暮らしていた大きな都だったそうですが、生活のために木々が伐採されずにこのように原始林が残されたというのは、世界的に見ても稀有な森です。春日山原始林は神仏習合の時代には「御仏の浄土」と讃えられ、長い間「神います森」と称され禁足地として守られてきました。山に湧き出す清らかな水も木々や植物も、古代のままです。

十月の気持ちのいい秋晴れの日に、春日奥山の末社、高山《こうぜん》・鳴雷《なるかみ》・神野《こうの》・上水谷《かみのみずや》・大神《おおみわ》のお社のご祭事に同行させていただいたことがあります。数日前から精進潔斎をして当日はお祓いを受け、神社の白い上衣をお借りして巡拝させていただきました。普段は人が立ち入ることのないその神域は、木々が重なり、鳥の声とともに、時折かすかに水の湧き出るような音も聞こえ、湿った森の窪地には何か見たこともない生き物が住んでいるような気がして、怖いなと思っていたら、神職の方が「このあたりはヒルが出ますので注意してくださいね」と言われ、ふと足を見ると、靴下の上から真っ赤に出血しているのがわかり、思わず大声を出してしまうほど驚きました。ヒルに嚙まれたところからは、数日たっても血が出てくるほど強烈なものでしたが、考えようによっては神の山のヒルに悪い血を吸ってもらって体を浄めたということかもしれません。

神様が白い鹿に乗って降り立ったと言われる御蓋山の頂上に鎮座する本宮神社にもお詣りさせていただきました。鎌倉時代の末に奉納された「春日権現験記絵《かすがごんげんげんきえ》」という美しい絵巻物があり春日大明神にまつわる霊験譚やさまざまな出来事が描かれていますが、今回は神社の起源が描かれた序文を朗誦することにいたしました。最後の巻には、春日奥山、御蓋山の木々が枯れてしまう絵が描かれています。春日の木々が大量に枯れてしまうと「山木枯槁《さんぼくここう》」といって、神様がお怒りになられて天上界に還られる兆し、昔の人は自然の異変は神様のご意思と捉え、そのために七ヶ夜の御神楽《みかぐら》を行い特別な霊穀をそなえ、秘文の祝詞を唱えて祭りを行いました。近年、一ヶ夜の御神楽が復興され、毎年冬の寒い時期に門を閉ざした林檎の庭で、夜遅くまで歌舞が奉奏されます。

庭燎《ていりょう》と呼ばれるかがり火だけの闇の中、冷たい夜の空気に吸い込まれるような神楽歌、時折山から聞こえてくる鹿の鳴き声が響き渡ります。始まりも終わりもわからないような時の静寂《しじま》に、祈りを捧げてきた多くの人々の姿が浮かび、遠い昔の祭りに参列しているような幻影を覚えて、よみがえる朱塗りのご本殿の前で、いにしえの言葉を朗誦させていただく自分の姿を重ね合わせました。

平成二十八年四月九日、春日大社・第六十次式年造替記念奉納をいたしました。

春日大社本殿前林檎の庭で奉納する古事記朗誦は、はじめに本殿前で、創造神としての天御中主神が登場する「あめつちのはじめ」、次は、中門の下での「あまのいはと」です。

「あまのいはと」のあとは、中門から降り住吉壇上《すみよしだんじょう》で神職の今井さんから刀を受け取り、林檎の庭で、出雲の稲佐《いなさ》の浜で行われた「国譲り」、つぎに太刀を手にしたまま、古事記中巻、神武東征の「高倉下」の朗誦です。どちらの朗誦でも、春日大社のご祭神である第一殿の武甕槌命（建御雷之男神）、第二殿の経津主命が登場します。この二柱の神さまは刀に象徴される武勇の神ですが、今回の奉納では、神さまに捧げられた直刀を使わせていただくことになりました。国宝殿から持って来ていただいて、はじめて手にしたその刀はずしりと重く、光り輝く刃先に背筋がしゃんと伸びる思いがしました。

奉納で使う白の打掛は、西表島の石垣昭子さんが種から育て、自らの手で績み紡ぎ織られた苧《ちょ》体《ま》。体に巻きつける麻や絹の自然布の衣はいつも真砂三千代さんの手によるものですが、「やまとかたり」の世界観をあらわす白い衣を纏《まと》うと、いっそう身が引き締まりました。

ゆるやかに広がる神様の原っぱ「飛火野《とびひの》」から見える御蓋山はとても美しい姿です。たくさんの神鹿が気持ちよさそうに草を食んでいる飛火野は、その昔、武甕槌命が鹿島から、春日の地にお着きになった時、夕暮れだったのでお供のものが口から火を噴いて灯としたのですが、その火がいつまでも消えずに飛び廻った場所とのこと。この武甕槌命が登場する「国譲り」を林檎の庭

春日大社式年造替奉祝奉納　2016年（桑原英文撮影）
中門前にて「あまのいはと」朗誦、のち住吉檀上に向かう

で朗誦します。出雲の稲佐の浜で、武甕槌命が十拳剣《とつかつるぎ》をさかさまに差し立て、その上に足を組んで座って大国主命に国譲りを迫り、出雲から大和へと国の中心が移る場面です。古事記の表記では、国譲りで天下る神さまは建御雷之男神と天鳥船神ですが、日本書紀においては武甕槌命と経津主命になっています。

つぎは太刀を手にしたまま、古事記中巻「高倉下」の朗誦です。のちに神武天皇になられる神《かむ》倭伊波礼毘古命《やまといわれひこのみこと》が、日向から大和へと国作りを目指しますが、熊野で熊があらわれ、あらぶる神の毒気にあてられて倒れてしまいます。その時に高倉下の太刀によって皆が救われますが、それが天照大御神のご命によって、武甕槌命が高倉下の蔵にさしいれた布都御魂《ふつのみたま》が宿る剣なのです。

今回の奉納では、古事記の朗誦の他に、細男座《せいのうざ》による「細男舞」が奉納されました。その舞は、毎年十二月の深夜からはじまる春日若宮おん祭以外では滅多に見ることができません。約九百年前から続くおん祭は春日若宮の大祭です。若宮は第三殿の天児屋根命と第四殿の比売神の御子神さま。保延二（一一三六年）年に飢饉、悪疫が続いたため、若宮を御旅所にお迎えして丁寧にお祭りしたところ、たちどころに災難がおさまり霊験あらたかということで、毎年大和一国をあげて行われるようになりました。師走も押し迫った十七日未明、若宮は御殿を出てお旅所へお遷りになります。そして夜が明けると、大和の国中からたくさんの人々が神様にご挨拶に来て芸能を奉納し、その夕刻に登場するのが、神楽のはじまりと「風姿花伝」に記される「細男《せいのう》」です。

中楽《さるがく》、神代の初まりと言ふは、天照太神、天の岩戸に籠り給ひし時、
天下常闇《とこやみ》になりしに、八百萬の神達、天香具山に集り、
大神の御心を取らんとて、神楽を奏し、細男《せいのう》をはじめ給ふ

「細男」のくわしい起源については謎も多くはっきりしないそうですが、春日大社国宝殿の学芸員の方に資料をいただいて調べてみると、「細男」は、「太平記」や「続日本紀」などの中に、神功皇后にまつわるシャーマニックな言い伝えとして出てきます。

神功皇后は異国征討の際に託宣を受け取り、あらゆる神様を招きますが、海底に住む海の神、阿曇磯良《あずみのいそら》だけがあらわれませんでした。その理由が、顔に牡蠣や鮑がついていて見苦しいので現われなかったとのこと、そこで、細男舞を奏して誘い出すと、首に鼓をかけ白覆面の磯良神が、一緒に舞いながら龍宮の潮満珠《しおみつたま》と潮乾珠《しおひるたま》を持ってあらわれたということです。潮満珠と潮乾珠は古事記の綿津《わたつ》宮《みや》の段、うみさち、やまさちのお話の中に出てきますが、潮を繰る霊力を持つ珠です。神功皇后は海路の安全を阿曇磯良に託されて征討に成功したということなのでしょう。磯良神は春日大明神であるという文献もありました。

実際におん祭に登場する細男も、白い覆面をして首から鼓をかけた舞姿で、単調に繰り返されるリズムと不可思議な動きが、神代の昔からつながる秘められた伝言のように思われてきます。

今回の式年造替の奉祝記念として奉納させていただきたいとの意向を花山院宮司様は、はじめから深くご理解くださり、春日大社のご神事に参列させていただき、また、国宝殿の貴重な資料

を拝見させていただきました。そして、奉納の流れ、内容をお伝えする中で細男座座長の上司さんを紹介していただきました。細男座は男性六人で構成され、普段はそれぞれご自分のお仕事をされていて、おん祭の時にのみ集まられるそうです。

上司さんに細男と古事記、風姿花伝の関わりを話して今回の奉納の中で舞っていただきたいとお願いしたところ、快諾して下さり、わたしが風姿花伝の一文を朗誦し、細男の舞いをご奉納していただくことになりました。みなさん、父、祖父の代よりもっと昔から細男舞を受け継いでおられるとのことでした。

最後の朗誦は、「春日権現験記絵」の序文です。これは、鎌倉時代末一三〇九年に左大臣西園寺公衡《きんひら》が、氏神である春日大社に奉納した二十巻の絵巻物。その現代訳のダイジェスト版は春日大社のお守りの授与所でも販売されていますが、絵巻物には、春日大社の起源、春日大明神の霊験やご神徳が絵と詞書であらわされています。国宝殿で見せていただいたのは江戸時代に作られた写本ですが、美しい色使いと細かい描写に篤い信仰心がうかがえます。昔は、拝観するのも厳しく制限されていたそうで、特別な場合にのみ許された貴重な巻物です。神様のご神徳は大切に隠されてこそ、その力が発揮されると考えられていたのです。

夫《それ》春日大明神は満月円明《まんげつえんみょう》の如来《にょらい》、
久遠成道《くおんじょうどう》のひかりをやはらげ、
法雲等覚《ほううんとうかく》の薩埵《さった》、

内証本地《ないしょうほんじ》の影をかくす

春日大明神は満月のようにすべてに満たされ、穢れなく美しい如来が久遠成道で示すように本来の姿を隠し、尊い菩薩が本来の輝きを隠してこの世に現われたような存在です、という言葉からはじまります。そして、春日大明神である四柱のご祭神の働きを示し、起源が語られます。まだ国が穏やかではなかった頃に、武甕槌命が陸奥の国の塩竈浦《しおがまのうら》に天下られ、邪神が落ち着いたので鹿島に遷られて、神護景雲二（七六八）年の春に、三笠山（御蓋山）にお遷りになられたということが書かれ、

秋津洲の中、山野おほけれども、月光も三笠山にしかず、
花の匂も春日野にまさりたるはなし。この花月をもてあそび給へ

我が国には山野が多いが、月の輝きも三笠山の月に及ぶものはありません、桜の花の美しさも春日野に及ぶものはありません、是非この花月を味わってみてはいかがですかと、香取におられた経津主命、平岡（枚岡）におられた天児屋根命に申し上げて、この二柱の神は三笠山に降り立たれたということが、序文の最後に記されています。

インドでうたう

　初めてインドを訪れたのは、平成二十一（二〇〇九）年一月、薬師寺天武忌での奉納がご縁で、仏教文化の原点を訪ねるインド仏跡参拝の旅にお誘いいただきました。薬師寺の村上太胤執事長が導師となり、崇敬者の方々とともにお釈迦さまゆかりの場所、悟りを開かれたブッダガヤやお説教をされた霊鷲山《りょうじゅせん》のあるラージギルや入滅の地クシナガラ、また中国の僧、玄奘三蔵が仏教を学ばれたナーランダ大学跡などを巡拝する旅です。

　法要の中では献茶や献香、雲龍さんの笛の献奏があり、やまとかたりの奉納と「仏教聖典」を朗読する機会をいただきました。当初は二〇〇八年十一月から十二月にかけての十一日間の予定、タイのバンコク経由でブッダガヤに行くはずでしたが、出発の当日にバンコクでデモがあり、飛行機が飛ばないという事態になり、翌年の一月に延期になったのです。バンコクのデモも大規模でしたが、時を同じくしてインドのムンバイでテロが起き、日本人も犠牲になりました。翌年への延期は当然のことでしたが、初めてのインドへの旅は胸がざわつくようなことばかりで、それでも当時の手帳には、「なるようにしかならない、たくさんの初めてを思いきり味わってこよう、インドでやまとかたり、ワクワクし始めた」と出発数日前のメモ書きがありました。

バンコクで一泊してから小さな飛行機に乗り三時間半、インド北東部にあるブッダガヤの空港に着きました。空から見える空港付近の景色は森や畑、川のそばに民家が見える田舎町、降りた場所も、まるで昔の学校の運動場のようなのどかなところ、空港に牛がいて驚きました。そこからお釈迦さまが悟りを開いた場所に建つマハボディ寺院に向かいました。バスから見える風景はめずらしさに目を見張るものばかりで、牛はそこら中にいましたが、ごみをあさる黒豚や皮膚がただれたやせこけた野良犬、道端で用を足している人、通りに面した店先でぶらさげたヤギの皮を剝いでいる光景、バスが止まるたびに集まってくる物乞いをする人々や物売りの姿は想像をはるかにこえて衝撃的でした。

マハボディ寺院は世界中の仏教徒にとって最大の聖地、シンボルの美しい大塔が建っています。お釈迦さまが悟りを開いた菩提樹の下で薬師寺の方々と読経し祈りを捧げました。寺院の横にはお釈迦さまが苦行の後に沐浴した尼蓮禅河《にれんぜんが》が流れています。ガンジス川の支流で雨季にはなみなみと水をたたえていますが、乾季だったために砂漠のような荒野でした。河の砂を大切な方が亡くなる時にひたいに塗り付けると、その人と来世でも縁が結ばれるとのこと、旅のコーディネーターのインド人の方にいただいた小さな壺に入った砂は、友人に分けてあげてずいぶん少なくなりましたが、触ってみるとサラサラとした感触が乾季のインドの空気を思い出させます。

ブッダガヤには日本寺というお寺があります。正式名称は印度山日本寺。今から九十年ほど前に建てられたお寺ですが、光明施療院という診療所と菩提樹学園という幼児保育施設があり、どちらも無料です。インドの中でも貧困層が多いビハール州、特にブッダガヤは十分な教育も医療もほどこされない、薬も買えない人が大勢いる地区、光明施療院には毎日数百人の人たちが並ぶそうです。

名前の由来である光明皇后は聖武天皇のお后ですが、慈悲深い方で、皮膚病の人の膿を自らの口で吸って治療して、今でも奈良市にある光明皇后ゆかりの門跡尼寺である法華寺には病人のために作られた風呂跡が残されています。日本寺の境内で、学校に通ったことがないという若いインド人の女性に会いました。流暢な日本語の感謝の言葉を聞きながら、この寺の存在も宗派を超えて寺を建てようとした人々の熱意も知りませんでしたが、歴史や文化の違う国とのつながりは、善意ある行動やささやかな真心によって、人の気持ちが通い合うことで支えられていると知らされました。

インドでの一日目の夜、日本寺で法要が行われ、崇敬者の方々のお写経を納めました。献茶、献香、笛の献奏とともに、やまとかたり「あめつちのはじめ」も奉納させていただきました。見たこともないほど大きなオレンジ色のブッダガヤの夕日、はじめてのインドの地で感じたさまざまな思い、朗誦した気持ちは、今も忘れることができません。

次の日はブッダガヤからラージギルへ向かいました。インド行きを決めた頃、鎌倉の街角のフリーマーケットで、偶然にも手塚治虫のマンガ本「ブッダ」全巻をみつけ買い求めました。その中でマガダ国のビンビサーラ王が息子のアジャセに幽閉される話が出てきます。ラージギルには、その牢獄跡もあり印象的だったマンガの中の場面を思い出しましたが、王舎城、城外にある霊鷲山、ブッダが晩年を過ごし多くの説法をしたその山道には、顔が黒くてふさふさした白い毛におおわれたサルたちが、木の枝に悠々と座ってこちらを見ていました。マンガの中には、ブッダの説法を聞くサルの話も出てきますが、その子孫なのかもしれないと思いを巡らせました。

次に訪れたのは、最古の仏教大学であるナーランダ大学跡地です。七世紀に、中国から大変な道のりを艱難辛苦を乗り越えて、真の仏教を求めてやってきた玄奘三蔵は五年間滞在したということですが、その頃、学僧だけで一万人はいたそうです。青空のもと、大きな木の下で敷物を敷き、法要が行われました。ここでは、「仏教聖典」の「おしゃかさまの生涯」を朗読させていただきました。木の上にいた大きな鳥がガオーガオーと人の声のように鳴き、ふと、顔が人で体が鳥の迦陵頻伽《かりょうびんが》の姿が思い浮かびましたが、ほんとうに伝説の鳥だったのかもしれません。

お釈迦さまが苦行されたあとに、立ち寄った村の村長の娘から乳粥をいただいたというスジャータ村にも行きました。ブッダガヤから見て対岸に位置するその村ではカラフルな服を着た子どもたちが、無邪気な笑顔で恥ずかしそうに迎えてくれました。サルの群れがお釈迦さまにはちみつを差し出したと言われるヴァイシャーリーのストゥーパを見てから、お釈迦さま入滅の地、クシナガラの涅槃堂に向かいました。

十三時間バスに乗り、着いたのは夕方五時半過ぎで、涅槃堂は閉まっていたのですが、開けていただいて涅槃像の前で法要を行いました。そのあと、真っ暗なお堂で、ろうそくのわずかな灯りを頼りに、仏教聖典の「さいごの教え」を朗読させていただきましたが、二千五百年前に亡くなられたお釈迦さまが、つい今しがたまで生きておられたような錯覚をおぼえました。

ブッダガヤからクシナガラまでのバスから見えた人々の様子も、クシナガラから初転法輪の地、サールナートへ行く途中の景色も二千五百年前とそれ程変わってないのではと思いながら、世の中の矛盾に気付いた一人の若い王子が、城を出てみすぼらしい衣服に着替え、ひとり道を歩き説法をしていた姿が目の前に浮かんでくるようでした。

仏跡参拝の最後の場所はガンジス河、朝日が登る前に、舟に乗りました。ガンジス河畔は、沐浴する人やマントラを唱える人、ほら貝を吹く人、水面には色とりどりの花やさまざまなものが浮かび、死体も流れてくるということで、暗いうちからごちゃごちゃとにぎやか。舟の上で薬師寺の皆さんと一緒に般若心経を唱え、インドでの最後の祈りを捧げていると、ガンジス河の彼岸と呼ばれる静かな向こう側の河岸が徐々に赤くなって、此岸と呼ばれるにぎやかなこちら側にいる人々を聖なる光で包み込みこんでいくように、大きな太陽が昇っていきました。

一回目のインドへの旅は、写真にコメントを記したアルバムが残っていて、些細なことまでも、次から次へと思い出されました。二年後また薬師寺の方々とご一緒させていただいた二回目のインド仏跡参拝の旅のことは書き留めておりませんが、前回訪れたお釈迦さまの聖地にネパールが加わって、真っ白に雪化粧したヒマラヤを拝することができるポカラで、朝日の昇る時に、やまとかたり「あめつちのはじめ」を朗誦させていただきました。

その時に同行されていた釈迦族の末裔であるシャキャさんは早稲田大学に留学していたこともあり日本語も堪能でしたが、やまとかたりを聞いてくださったあとに「あなたの声と一緒にお釈迦さまの声が聴こえてきました」と仰ってくださいました。

台湾でうたう

子どもの頃に読んだ「孫悟空」の絵本の中に登場する三蔵法師が、経典を求めてインドに旅をした実在の僧侶・玄奘とわかった時にはちょっと驚きましたが、玄奘三蔵の生涯について知ったのも絵本からです。博雅堂出版の【おはなし名画シリーズ】「平山郁夫と玄奘三蔵」は平山画伯がご自身の生い立ちとともに、仏教伝来と玄奘三蔵の物語を描いた大型絵本です。その中には薬師寺玄奘三蔵院伽藍の壁画もあり、三十八枚の絵のほかに玄奘三蔵の旅の道とシルクロードの地図も載せられていて、唐の時代にたったひとりで砂漠に踏み込んでいった若き僧侶と、広島で被爆し絶望の底から、その玄奘三蔵の祈りの道を描くことで救われていった平山画伯の人生をたどることができます。

中国の洛陽の近くで生まれた玄奘は、インドから伝わり中国に広まっていた仏教を長安で学び、二十歳で僧侶になり若いうちから徳が高く国中に知れ渡るほどでしたが、ブッダの教えを深く知るためにはインドに行くしかないと思うようになり、国禁をおかしてインドへと向かいました。中国とインドのあいだには、ゴビ砂漠やタクラマカン砂漠、ヒマラヤなど高い山々もあり、大変な行程です。たったひとりの旅ですから自然環境の厳しさも、精神の強さも並大抵ではありませんが、インドから持ち帰り翻訳した経典も膨大な数です。日本でもよく唱えられる般若心経も玄奘の訳したものです。

法相宗大本山である薬師寺は、宗祖は慈恩大師、その師に当たる鼻祖が玄奘三蔵、またたくさんの人たちの般若心経の写経による浄財で伽藍を復興している薬師寺には玄奘三蔵院伽藍もあり、毎年玄奘の御遺徳を顕す法要を行い大般若経の転読や玄奘ゆかりの「伎楽」が奉納されます。また、僧侶とともに玄奘三蔵がたどった道のりを巡拝する旅も行われますが、平成二十二(二〇一〇)年の二月の終わりに、台湾にある「玄奘寺」の法要で、やまとかたりを奉納する機会をいただきました。

玄奘寺は、台湾のほぼ中央にある日月譚《にちげったん》という大きな湖のほとりにあるお寺です。北の形がお日様、南の形がお月様に似ているというので日月譚という名前がついたということですが、そのあたりはロマンチックな名前の通りに幻想的な景色がひろがり、二月と言っても初夏のような気持ちのいい風が吹いていていました。

玄奘がおなくなりになったのは六六四年、それから千三百年後の昭和の時のこと、日中戦争中に南京を占領した日本軍が丘を整地していて、土の中から棺をみつけたのです。棺には玄奘の頂骨(頭の骨)が明時代に長安から南京にうつされたと刻まれていました。そのご遺骨が本物か否かは確定できないそうですが、いったん日本に持ち帰ったその頂骨をすべて中国に返し、そのご遺骨は玄奘寺に納められました。そしてまた、その一部が日本に送られて薬師寺の玄奘三蔵院伽藍にもお祀りされ、ご遺骨は日中友好の懸け橋となったのです。玄奘寺と薬師寺との時代を越えたつながりを教えていただいて、玄奘の思いが今も尚、息づいていることを感じました。

玄奘寺での奉納は、玄奘が持ち帰ったたくさんの経典の中のひとつ、薬師瑠璃光如来本願功徳経（通称薬師経）の読み下し文の朗誦を行いました。薬師経には、薬師如来の十二の大願があらわされています。薬師如来は東の浄瑠璃という世界におられて生きているわたしたちを導いてくださる仏さま、瑠璃とは宝石のラピスラズリのことですが、薬師如来は美しい濃い青色の世界におられ、すべての人々の苦しみや迷いを取り払って、救いの道を示す十二の大願をたてられました。あまねく衆生を悟りに導きたい、瑠璃の光によって仏性を目覚めさせたいというものから、飢えや渇きから救いたい、寒さや虫刺されから体を守る衣を施したいという具体的なものまであります。玄奘訳の読み下し文を毎日、大きな声で詠み唱えているうちに、最初は難しいと思っていましたが、どんどん体になじんできて、すらすらと読み唱えられるようになり、玄奘寺では何も見ずに行うことができました。

言葉の意味や深い真理まで理解しているわけではありません。それでも、玄奘寺の本堂の中で朗誦していると青い光の中に慈悲深い美しい仏像の姿があらわれ、求道のために命を賭して、もくもくと歩き続けた玄奘三蔵の姿が眼前に浮かんできて、胸が高鳴り目頭が熱くなりました。

ZOZAN——佐久間象山

銅像を作るところをはじめて見たのは、富山の丸山達平さんの作業場です。丸山さんは銅像の銅を流し込む型の原型を作る人。粘土を使って手作業でつくっていきますが、対象の人の写真を参考にしながら細やかな表情を作り、内面に宿る精神性を伝えたいと言います。

はじめて伺ったのは八月、三十五度を超える暑い日、作業場は四十度をはるかに超えているようでしたが、粘土が乾いてしまうので、エアコンや扇風機なども使えません。丸山さんはその暑さをものともしないような真剣な表情で、等身大の粘土の像に向かっていました。

像は、江戸時代の思想家、教育者でもあった佐久間象山《ぞうざん》、象山を見出した松代《まつしろ》藩主真田《さなだ》幸貫《ゆきつら》公、象山の門下生である勝海舟、吉田松陰、坂本龍馬、橋本左内、小林虎三郎ら、明治維新に大きく貢献をした七人。レリーフは、象山を慕いはるばる長野まで教えを乞いに訪れた高杉晋作、中岡慎太郎、久坂玄瑞。幕末の動乱期に国の未来を憂い、命がけで考え行動していた先人たちの銅像とレリーフが、長野の松代にある象山神社に建立されるのです。その銅像除幕式で、お祝いに佐久間象山の漢詩、辞世の句の朗誦を行うことになりました。

歴史と言えば興味は古代ばかり。近世、しかも明治維新については、立役者となった偉人たちの名前は耳にしたことはあるものの、詳しいことは知りません。銅像建立のことで、佐久間象山について調べ、生誕地、大砲の発射実験の場所、横浜開港に尽力した顕彰碑がたつ横浜野毛山公園、馬上で斬りつけられた京都高瀬川、妙心寺塔頭大法院のお墓にもお参りし、少しずつ佐久間象山が、確かな姿となってわたしの中にあらわれてきました。それと共に心を動かされたのは、銅像建立を奉納された友人の青木さんの昔のお話です。

青木さんと、はじめてお目にかかったのは、東京表参道の一等地にあるお洒落なカフェ、敷地内にはチャペルもあって、その奥のシャガールの絵が飾られた一室でした。友人の本の出版記念会の打ち合わせの時でしたが、大きな会社を経営しておられる有名な方でしたので緊張しましたが、第一印象も穏やかで優しくて、わたしが江の島から買ってきたホカホカのお饅頭、ちょっと場違いなお土産も嬉しそうに受け取って、すぐに召し上がってくださいました。その後お付き合いがはじまり、多くの勉強の機会を与えてくださいます。春日大社式年造替のやまとかたりの奉納の時にも参列してくださいました。折に触れて、青木さんが口にされる「一生学習」「一生挑戦」「一生謙虚」「一生現場」「一生本気」という座右の銘は、わたしにとっても道しるべとなる言葉です。

青木さんは長野市篠ノ井の生まれ、お父様は米穀商を営んでおりましたが、繁盛していた店も戦争で中断し、なんとかはじめた質屋が倒産したのは青木さんが小学生の時でした。七歳年上のお兄様と一緒に、その質草の背広を唐草模様の風呂敷に包んで売って歩いたそうです。お兄様が二十四歳、青木さんが高校生の時にお父様は亡くなり、ふたりで背広の行商で近くの街や村を廻ったそうです。その頃に松代にある象山神社にたびたび訪れたそうですが、自分の生まれ故郷にこんな立派な人がいる、世界に開かれた国づくりの必要性を説き、蘭学、漢学、科学、医学、砲術など様々なことを学んだうえで、実用としての学問を説き、才能ある多くの若者に影響を与えた人、佐久間象山を知るにつけ、「象山先生のような立派な人間を育て、日本の社会に貢献できる立場になりたい」と青木さんは思われたそうです。そしていつか、この神社に象山を顕彰する銅像を建てたいと志を立て、それから六十年、青木さんご兄弟が背広の行商から始めた会社は、ファッションだけでなく様々な事業を展開する、業界有数の企業になり、社会的な活動、特に日本の未来を担える若者の育成、高い志を持ったリーダーを目指す機会を与える支援事業を行って社会貢献をされています。そして、若い頃に夢に描いた銅像建立も実現されました。象山神社の銅像の除幕式では、象山が詠んだ漢詩を朗誦しました。百六十七年前嘉永四年（一八五一）の春、杏の花の咲く頃に行った大砲実験。千曲川河畔のその場所には「象山砲術試射地」の碑が立ち、その折詠んだ漢詩文が刻まれています。

此《こ》の辺りの村落皆杏林《みなきょうりん》
往往山桃《おうおうさんとう》有りて之《これ》に間《まじ》る
開花爛漫弥《らんまんび》望紅雲《ぼうこううん》の如し
而《し》して巨砲《きょほう》其の間に放つ

真に奇景《きけい》なり
春野晴に乗じて大砲を演ず
四林《しりん》の桃杏《とうきょう》正《まさ》に芳菲《ほうひ》
一声の霹靂《へきれき》天地に震《ふる》ひ
万樹《ばんじゅ》の紅花撩乱《こうかりょうらん》として飛ぶ

（このあたりは、見渡す限りに杏林がひろがり、山すそには桃の花も見える。／花盛りの春景色に紅雲たなびくのは吉兆のしるし。／その中に、大砲の音が轟き渡るとは、まさにすばらしい光景である。／澄み切った春の野の勢いは、大砲実験の好機。／杏や桃の馥郁とした香りがあたりに立ち込める中で、／激しく響き渡る轟音は、天地を震わし、／すべての樹々が、真っ赤な花を散らし、美しく乱れ飛ぶ。）

実験のすさまじさの中に、美しい松代の景色が詠み込まれています。実際に四月の始め、杏の花が満開の時に千曲市に訪れ、その里山の中でこの漢詩を朗誦しました。遠くに雪の残る北アルプス、山裾に広がる可愛らしい杏の木には、桜とも梅とも違う薄桃色の花が、枝にびっしりとまとわりつくように咲いています。朗誦しながら息を吸い込むと、ふわりと優しい芳香が、胸の中まで漂ってくるようでした。

佐久間象山は、江戸への遊学を許され、松代から五泊六日をかけて江戸へと向いました。英国とのアヘン戦争による清国の敗北やペリーの黒船来航など、日本を取り巻く状況が変わります。象山は日本の危機を察知し、国の力をつける策を唱えました。神田お玉が池に象山書院を開き、多くの弟子たちに学問を授け、その名は江戸に響き渡りました。吉田松陰がアメリカ行きを企てた際、励ましの書を送ったために、密航を勧めたとして捕えられて、そのあと松代に十年近く、蟄居《ちっきょ》させられました。

佐久間象山の最期は、京都です。蟄居がとけ幕府からの要請で上洛した時、馬上で斬りつけられ絶命しました。高瀬川沿いの歩道の対岸に佐久間象山先生遭難之碑が立っています。相手は攘夷派の刺客だったそうですが、その一か月前に象山は、辞世とも思える句を詠んでいます。

折に合えば、散るもめでたし山桜　めづるは花の盛りのみかは

時が来れば散ることも喜ばしい／山桜の花に心惹かれるのは満開の時ばかりではないだろう。「折に合えば」の意味は、「その時が来れば」という意味です。ただ、「時」については、自然に桜の花が散るその時が来れば、ということ以上に、なにか思いもかけないことが起こって散ってしまうその時が来れば、という感じがします。

三条木屋町高瀬川の枝垂れ桜が蕾の時、まだ人気のない朝の早い時間に、象山が襲われた場所に行きました。大きな白鷺がやってきて、川の中を象山の碑の前で止まり、しばらくじっとしていましたが、魚を探しているように水に顔をつけながら。ゆっくりと進んでいきました。白鷺を

眺めながら辞世の句を朗誦、ふっと象山の声が胸の中に浮かびました。

今は何か起こってもおかしくはない。その時が来れば、散っていくこともよしとしようではないか。日本のために精いっぱい尽くしてきたのだから、山桜のように、美しく咲いたあとに潔く散っていくのもまた、自分の最期としてはふさわしい姿ではないか。

イチョウの葉が黄色く色づいた平成三十（二〇一八）年十一月初めの日、とうとう銅像が完成する時が来ました。象山は彫りが深い独特の顔をしています。身長も一七八センチ、江戸時代の男性としてはかなり高く、日本人離れした容姿です。銅が流し込まれたその象山の体を包んでいる型は、とても大きなものでした。型をハンマーで叩きながら割っていくと、中から姿があらわれ、顔を覆っていた黒いものをはらいのけた瞬間、周りにいた誰もがハッと目を見張りました。眼光鋭い象山の片目がギョロリとあらわれたのです。その眼がまるで生きているように、まっすぐに何かを見つめていて、象山が甦った瞬間に思えました。

それにしても、ほとんど触れることのなかった江戸末期から明治時代の男たちの熱い思い、想像したり考えたりしながらの朗誦は、思いがけずとても新鮮でした。

後日、「ＺＯＺＡＮ」というタイトルで、佐久間象山の生涯と銅像建立の英語バージョンの映像がつくられました。最後は、「OPEN YOUR EYES（目覚めよ）」という言葉。銅像の眼が開き甦った象山が、力強い発音の英語で放った言葉のようです。

あとがき

二月の冷たい空気、明るくなったばかりの朝の森は静かです。鳥の声が聴こえる道を歩いていると、茂みの奥の木の陰から子鹿が顔をのぞかせました。奈良で暮らしはじめて、草木に囲まれた場所で声を出すようになりました。耳を澄ますと木々がわずかに揺れる音、葉っぱが擦れる音がします。枝の間からまっすぐに届く太陽の光と足に伝わる柔らかな土の感触。立ち昇る草の匂いは、薄墨がかった春色の靄となって広がっています。気持ちを落ち着けて出した小さな声は、森の中の命と溶け合うようにゆっくりと響きました。

今から千三百年以上前にできあがった日本最古の書物と言われる「古事記」。原文の朗誦を「やまとかたり」と名付け、鎌倉の海辺で声を響かせ詠み唱えはじめてから、今年で十五年です。二〇一一年に、発声法を行い朗誦する「やまとかたりの会」を開き、春日大社式年造替奉祝奉納(二〇一六年)、薬師寺食堂《じきどう》落慶記念奉納(一七年)をきっかけにご縁が一層深くなり、翌年、奈良に移住いたしまして、やまとかたりは文字通りの大和語りになりました。

絶滅の危機に瀕しているインドのハゲワシについて、高円宮妃久子殿下のお話を拝聴させていただいたことがあります。美しい羽根と尖った嘴と爪、鋭い眼光が印象的なハゲワシが、一斉に姿を消しました。原因は人間によって抗炎症薬・ジクロフェナクが投与された牛の死骸。それを捕食したハゲワシが絶滅寸前に追い込まれるなど考えられないことでしたが、影響は人間にまで及びました。捕食者がいなくなり放置された牛の死骸という餌を得て急増した野良犬に狂犬病が蔓延し、何万人もの人々が襲われて命を落とした、ということでした。人間の命とハゲワシの命は繋がっているのです。

その絶滅危惧種の保護活動に対するご協力として、春日大社で「やまとかたり」の夜間奉納が行われることになりました。千二百五十年前から人々が祈りを捧げてきた斎庭で、たったひとりで奉納朗誦するなど、「やまとかたり」を始めた頃には想像もできなかった夢のような出来事です。

神社の閉門後、釣灯籠に火が入り、白い砂が敷き詰められた林檎の庭に庭燎が焚かれましたが、ちょうど新月の前日で月あかりもなく、夜七時の境内は、思っていた以上に真っ暗です。湿った森の匂いに神社が三十万坪の原始林に建っていることを思い出しました。

四柱の神さまのおられる拝殿の脇から中門を通り、緊張しながら住吉壇上にたちました。春日大明神を褒め称える美しい言葉の数々を朗誦していた時です。漆黒の空の向こうから、春日山の木々を震わすほどに大きな鹿の鳴き声が響き渡りました。「ピィ――」という牡鹿の声です。それに合わせて数頭の鹿の高い声が加わりました。その鹿たちの声に緊張感はすっかりほどけて、優しいものに見守っていただいているような、嬉しい気持ちが湧きあがってきました。そして、神鹿と自分の声が重なりながら、出雲の禊の滝で鹿と出合った時のことを思い出していました。夢の中の声に導かれて始まった「やまとかたり」の出発点です。「出雲へ行きなさい」と誘う声、わたしに呼びかけるように鳴いた鹿、その時に感じた説明のできない高揚を、いつも求め続けていたように思います。

あれからたくさんの人、見たことのない景色に出合いました。見えないものが浮かび上がり、聴こえないものに包まれる感覚に体中があつくなり、不思議な体験やささやかな偶然のうしろには、たくさんの必然が隠され、すべての出来事には確かな意味があることに気付かされました。どんな小さな存在であっても、自然の命はすべてがつながり合っていることに、ドキドキするような歓びを感じさせていただきました。

そして、わたしを「やまとかたり」に導いてくださったのは、清く美しい精神性と穏やかな人間性に守られてきた日本の言葉の力を、未来に手渡してほしいという先人の願いだったのではないかと思っています。

あの夜間奉納の数日前、畏れ多いような気持ちに押しつぶされそうになりました。それでも、不安や畏れは自分の心が生み出すもの、何が起こっても神さまの計らいと思い至った時でした。高取町長植村さんの訃報が届きました。古代飛鳥の地でぜひとも古事記の活動を、とお声をかけてくださった恩人です。人が生まれて死んでゆくことは、抗うことのできない自然の摂理。だからこそ、今ここにある命そのものが有難く思えます。空に向かって感謝の真心をすべて差し出すような気持ちで朗誦しようと、心の置きどころが定まりました。

この十五年間には、大切な方との別れがありました。幼い頃から誰よりも理解し合っていた腹心の友も温かかった伯母や優しかった義父も、鎌倉でお世話になった老師さまはじめ恩人の方々も、この世からいなくなられてしまいましたが、目をつむって静かに手を合わせると、感謝の気持ちとともにみなさんの笑顔が浮かんできます。会うことが叶わなくとも、深いつながりは消えることはありません。

今、わずかですが収束の光が見え始めた新型コロナウィルスの感染の拡大、生きている間に、このような事態が起こることなど想定外でしたが、「やまとかたり」を始めたことも、奈良に移り住んだことも、本を書くことも、わたしの人生にとって思いもかけないことでした。今振り返ってみると、それはありがたい人々とのつながりの中で起きたこと。おかげさまのつながりです。

「やまとかたり」の一番の理解者である川良浩和さん。「やまとかたりの会」で、一緒に声を出してくださる大切な仲間たちともども、これからも「やまとかたり」の旅の道連れでいてくださいますように。笛奏者・雲龍さん、真砂秀朗さん、衣を作ってくださる真砂三千代さん、足立靖枝さん、岩村文子さん、吉田みかさん、大前邦夫さんには惜しみないご助力をいただきました。かまくら春秋社の伊藤玄二郎先生、季刊誌「やまとびと」の堀井清孝さん、奈良県主催古事記朗唱大会のなら記紀・万葉プロジェクトの方々、大和郡山市長上田清さん、明日香村長森川裕一さん、青木寶久さん、岩本潤三・よね子ご夫妻さま、奈良県立図書情報館館長千田稔先生、ウィミンズ・ウェルネスの対馬ルリ子先生、作曲家の牟岐礼先生、奉納の映像・写真を撮ってくださった李憲彦さん、桑原英文さん、奉納やコンサートなどをご一緒いただいたアーティストのみなさん、「やまとかたり」の活動に、さまざまにお力添えくださった大勢の方々に、心より感謝申し上げます。

春日の神さまとのご縁を結んでいただいた花山院弘匡宮司さまはじめ、春日大社のみなさま、権禰宜中野和正さま、学芸員秋田真吾さまに多くのご高配をいただきました。

薬師寺では松久保秀胤長老さま、安田暎胤長老さま、山田法胤長老さま、加藤朝胤管主さま、生駒基達住職、大谷徹奘執事長、東関東別院潮音寺村上定運住職はじめ僧侶のみなさま、事務の方やお手伝いの方々に、大変お世話になりました。

天河大辨財天社の柿坂神酒之祐宮司さま、江島神社、稗田阿礼命がご祭神の賣太神社、日本各地の神社仏閣で奉納を行わせていただき、神仏との尊いご縁を結ばせていただきました。神職のみなさま、僧侶のみなさまはじめ寺社をお守りくださっている方々に、謹んで深謝申し上げます。

新潮社出版部の須貝利恵子さん、疇津真砂子さん、装幀室の方々のご尽力で、美しい本になりました。ありがとうございます。

自然と文化に囲まれた奈良での暮らしは、親切な周りの方々のおかげで心落ち着く毎日です。これからも心澄ませて「やまとかたり」を続けていきたいと思っています。そしていつの日か、わたしの古典への芽を育んでくれた北の大地へ恩返しができる日を夢みています。

いにしえの言葉の響き、「やまとかたり」の世界が、読んでくださった方の心に届き、幸せの種を蒔いてくれたらと願っています。

「やまとかたり」に心を寄せてくださる方々、見守り続けてくれる故郷の友人と尊敬する両親、愛する夫とふたりの娘に、この本を捧げたいと思います。

夢の中の声を聴いた十五年後の二月十四日早朝に

大小田さくら子

初出　会員制季刊誌「やまとびと」（やまとびと編集部　発行）
連載《春日の杜でやまとかたり》二〇一六年秋号～一七年夏号
連載《古事記コト・モノがたり》二〇一八年冬号～二〇年秋号
を大幅に加筆、改稿しました。それ以外は書下ろしです。

大小田さくら子

1960年北海道生まれ。お茶の水女子大学大学院人文科学研究科修了。動作学を専攻し、舞踊・身体表現を研究。英国エディンバラ、鎌倉を経て奈良在住。絵本の読み聞かせをきっかけに朗読活動を始め、古事記など口承文芸を朗誦する「やまとかたり」を行う。ワークショップ「やまとかたりの会」を主宰し、講演も開催。春日大社の式年造替（2016年）・御創建1250年（18年）、薬師寺の天武忌（07年、18年）・食堂落慶（17年）などの公的行事、ほか各地の寺社で朗誦の奉納を続ける。著書に、CDブック『やまとかたり　あめつちのはじめ』『やまとかたり　いづものくに』（ともに冬花社）。

「やまとかたりのページ」

www.yamatokatari.org/hounou

やまとかたり
古《こ》事《じ》記《き》をうたう

著 者
大《おお》小《こ》田《だ》さくら子《こ》

発 行
2021年3月25日

発行者 佐藤隆信
発行所 株式会社新潮社
〒162-8711 東京都新宿区矢来町71
電話 編集部 03-3266-5411
読者係 03-3266-5111
https://www.shinchosha.co.jp

印刷所
錦明印刷株式会社
製本所
大口製本印刷株式会社

乱丁・落丁本は、ご面倒ですが小社読者係宛お送り下さい。
送料小社負担にてお取替えいたします。
価格はカバーに表示してあります。

ISBN978-4-10-353891-2 C0095

新潮古典文学アルバム
①古事記・日本書紀
編集・執筆 神野志隆光
エッセイ 大庭みな子

天地の始めのとき、神々が生まれ、国が造られた。神々は人間とともに雄々しく躍動し、熱く息づく――古代人の奔放な想像力が創りだす雄渾な神話の世界。

入江泰吉の奈良
入江泰吉
白洲正子 他

入江泰吉にしか撮れなかった奈良がある。今はもう失われてしまった光景がある。86歳で逝った入江泰吉がぜひとも残したいと切望した麗しき大和路風景。

《とんぼの本》

日本文学を読む・日本の面影
ドナルド・キーン

近現代作家の作品を読み込み定説に挑んだ衝撃の著『日本文学を読む』復刊。日本文学の遺産を熱く語るNHK放送文化賞の名講義『日本の面影』を初収録。

《新潮選書》

万葉びとの奈良
上野誠

やまと初の繁栄都市、平城京遷都から千三百年。天皇の存在、律令制の確立、異国との交流がもたらしたものは。万葉歌を読みなおし、奈良の深層を描きだす。

《新潮選書》

万葉集であるく奈良
上野誠
蜂飼耳
馬場基

古代ロマン溢れる飛鳥、たった十六年の都・藤原、虚空の宮跡を抱える平城――。万葉びとが情感豊かに詠った光景を求め、日本の歌のふるさとへ旅をしよう。

《とんぼの本》

古事記
日本の原風景を求めて
梅原猛
上田正昭
三浦佑之
上野誠

出雲、日向、大和。神話の美しきふるさとには、今も神々が坐していた！ 日本最古の歴史書をその舞台とともに案内する、ビジュアル古事記の決定版。

《とんぼの本》